상남자스타일 6
임영기 장편소설

초판 1쇄 찍은 날 § 2018년 5월 16일
초판 1쇄 펴낸 날 § 2018년 5월 23일

지은이 § 임영기
펴낸이 § 서경석

총괄팀장 § 최하나
편집책임 § 김경민
디자인 § 신현아

펴낸곳 § 도서출판 청어람
등록번호 § 제387-1999-000006호
등록일자 § 1999. 5. 31
어람번호 § 제1-2901호

주소 § 경기도 부천시 부일로 483번길 40 서경B/D 3F (우) 14640
전화 § 032-656-4452   팩스 § 032-656-4453
http://www.chungeoram.com
E-mail § chungeorambook@daum.net

ⓒ 임영기, 2018

ISBN 979-11-04-91731-8 04810
ISBN 979-11-04-91631-1 (세트)

6

FUSION FANTASTIC STORY

임영기 장편소설

상남자 스타일

도서출판 청어람

Contents

제36장
평양 잠입

뜻밖에도 정필이 연길공항에 나와 있었다.

선우는 정필을 직접 보는 것은 오늘이 두 번째지만 그는 언제 봐도 눈이 부실 정도로 근사했다.

청바지에 길이 잘 든 가죽점퍼를 입은 그의 모습은 마치 미국 형사물 영화의 주인공 같았다.

"형님!"

"아빠!"

정필이 직접 마중 나올 줄 예상하지 못한 선우와 혜주는 한달음에 달려갔다.

혜주는 선우보다 먼저 정필에게 와락 안겼다.

정필은 혜주의 등을 쓰다듬고 난 후 선우와 굳게 악수했다.

"오랜만이다."

"형님이 직접 나오셨군요."

"선우 네가 오는데 내가 나와야지."

"영광입니다, 형님."

선우는 누굴 만나서 지금처럼 반갑고 좋은 적이 없었다.

"밥 먹으러 가자."

정필은 선우와 혜주의 어깨를 양팔로 안고 공항을 나섰다.

공항 밖에는 레인지로버 SUV 한 대가 대기하고 있었다.

운전석에서 정장의 중년인이 내려 선우와 혜주에게 손을 들며 미소 지었다.

"선우야, 혜주야."

"길우 형님!"

"길우 삼촌!"

중년인은 정필의 오른팔인 김길우였다.

김길우는 정필이 연길에 온 1997년 11월에 처음 만났다.

정필이 연길 기차역에 내려서 탄 택시가 김길우가 모는 택시였으며, 그길로 두만강까지 다녀오는 동안 의기투합해서 오늘까지 20년 동안 정필의 오른팔 역할을 하고 있었다.

선우는 북한 장병호 부부 일로 처음 연길에 와서 정필을 만났을 때 김길우도 같이 만났다.

정필이 공항 출구로 걸어 나오고 있는 권보영을 발견하고 '어?' 하는 표정을 지었다.

"저거 권보영 아니냐?"

최면에 걸려 있는 권보영이 밧줄로 묶은 것처럼 선우 뒤를 졸졸 따라온 것이다.

선우가 미소 지었다.

"쓸모가 있을 것 같아서 제가 데려왔습니다."

"데려와?"

정필은 선우의 말을 잘 이해하지 못했다. 권보영에게 수갑을 채운 것도 아닌데 그녀가 사지육신이 자유로운 상태에서도 도망가지 않고 선우를 졸졸 뒤따라오는 것이 이상했다.

혜주가 예쁘게 미소를 지었다.

"삼촌이 권보영에게 최면을 걸었어."

"최면? 선우가 그런 것도 할 줄 아니?"

혜주가 선우를 보면서 말했다.

"삼촌은 신강가의 재신이잖아. 눈이 번쩍 뜨이는 초능력을 여러 개 갖고 있어. 그중에서도 단연 최고가 뭔지 알아?"

정필은 호기심 어린 표정을 지었다.

"그게 뭐냐?"

혜주는 샐쭉한 표정을 지었다.

"여자 후리는 거."

"어?"

정필은 뜻밖이라는 듯 선우를 쳐다보았고, 선우는 두 손을 마구 저었다.

"아, 아닙니다, 형님."

혜주는 뒷자리로 타면서 지나가는 말처럼 중얼거렸다.

"어쩌면 두 사람이 그것까지도 꼭 닮았을까?"

두 사람이라는 건 정필과 선우를 가리킨다는 것을 그들이 모를 리 없다.

뒷자리 가운데에 선우가 앉고 양쪽에 혜주와 권보영이 탔다.

정필은 연길 시내를 가로지르는 부르하퉁허 강가에 위치한 대단한 규모의 3층 한식당으로 선우와 혜주를 데려갔다.

나중에 안 사실이지만 '삼천리강산'이라는 이름의 이 식당은 정필이 운영하는 곳이었다.

일행은 룸으로 이루어진 3층으로 안내되었다.

한복을 곱게 차려입고 식당에서 일하는 아가씨들이 환하게 웃으면서 정필에게 인사하며 스스럼없이 포옹하는가 하면 스킨십을 했다.

"모두 탈북한 여자들이야."

혜주가 선우에게 귀엣말로 속삭였다.

"여기에서 아빠는 탈북자들에게 하나님이야."

선우는 정필이 삼천리강산에서 일하는 모든 사람을 가족처럼 대하는 것을 보고 큰 감명을 받았다.

식사를 하면서 선우는 자신이 연길에 직접 온 목적에 대해서 정필에게 자세히 설명했다.

"그래?"

정필은 적잖이 놀라는 표정을 지었다.

"음, 그렇지 않아도 북한 지도부의 조짐이 좀 이상했는데 그런 일이 있었군."

둥근 식탁에는 선우와 혜주, 권보영, 정필, 김길우 다섯 사람이 둘러앉아 식사를 하며 술을 마시고 있었다.

선우는 정필의 빈 잔에 두 손으로 술을 따랐다.

"조짐이라뇨?"

정필이 진지한 표정을 지었다.

"북한 지도부 거물급들이 은밀하게 북한을 줄줄이 빠져나오고 있어. 작년부터 지금까지 일 년 사이에 여섯 명이 북한을 빠져나갔다."

"빠져나갔다는 것이 무슨 뜻입니까?"

"탈북이지."

"아……."

선우는 예상하지 못한 뜻밖의 사실에 적잖이 놀랐다.

"고위급 거물들이 가족을 데리고 북한을 빠져나갔다면 다시는 돌아오지 않겠다는 뜻이겠지."

"그렇군요."

정필이 고개를 끄떡였다.

"나는 그들이 숙청을 두려워해서 탈출하는 것이라고 생각했는데 이제 보니 아니었군."

"숙청 때문일 수도 있지 않겠습니까? 김정은은 어리고 제멋대로여서 벌써 많은 고위급을 숙청했다고 들었습니다."

정필은 고개를 가로저었다.

"아냐, 이건 달라."

그는 한국에서 공수한 소주를 선우에게 따라주었다.

"숙청이라는 것은 뭔가 잘못했을 때 일어나는 것이고 또한 어떤 계파를 목적으로 해야 하는데, 이건 아무 잘못도 하지 않은 자들이 탈북하고 또 여러 계파의 인물들이 중구난방으로 탈북한다는 말이야."

"그렇습니까?"

여태까지는 북한 권력층 중에서 어떤 계파가 김정은의 권위에 도전한다거나 김정은 자신이 위협을 느꼈을 때 숙청이라는 무소불위의 히든카드가 사용됐다.

"탈북자 중에서는 김정은 최측근도 있었다. 그리고 가장 최근, 그러니까 지난달이지. 양병서가 가족을 이끌고 은밀하게 탈북했어."

"양병서라면 총정치국장으로 북한 권력 서열 4위의 막강한 인물이 아닙니까?"

"또한 김정은의 신임을 받고 있는 최측근이지."

말하자면 김정은의 신임을 받고 있는 북한 권력 서열 4위의 막강한 양병서가 가족들을 데리고 탈북했다는 얘기이다.

선우는 조심스럽게 물었다.

"형님 생각은 어떻습니까?"

"음……."

정필은 잠시 생각하고 나서 진지하게 대답했다.

"나는 김정은이 북한에 없을 것이라고 생각한다. 그가 있다면 이런 일이 벌어질 수가 없겠지."

김정은이 없다면 죽었거나 해외로의 탈출 둘 중의 하나다.

선우는 대화에는 관심이 없다는 듯 자신의 옆에 앉아서 묵묵히 식사를 하고 있는 권보영을 쳐다보았다.

비행기 안에서 선우가 물었을 때 권보영은 김정은이 죽었을 것이라고 대답했다.

권보영은 정신이 선우에게 제압됐을 뿐이지 생각하는 것은 제대로 할 수 있었다.

그때 노크 소리가 나더니 한 여자가 들어왔다.

아담한 체구에 화사한 옷차림을 한 미인이며 30대 중반의 나이로 보였다.

그녀가 들어서자 정필을 비롯한 모든 사람이 자리에서 우르르 일어섰다.

"형수님!"

"언니!"

선우와 혜주는 정필을 만났을 때보다 더 반갑게 외치며 여자에게 다가갔다.

여자는 정필의 부인 조은애이며 올해 45세인데 실제 나이보다 훨씬 어리게 보였다.

조은애가 바로 정필을 오늘의 검은 천사로 만든 장본인이다.

20년 전 조은애는 두만강 북한 쪽 접경 마을 무산읍에서 굶어 죽어가고 있는 가족들을 위해 먹을 것을 구하려고 두만강을 건너다가, 브로커에게 목이 조여서 죽임을 당했다.

군대를 갓 전역한 정필은 감기에 걸려서 입원한 할아버지 병상을 지키고 있던 중에 갑자기 기절하여 꿈속에서 조은애 혼령의 부름을 받고 두만강으로 달려갔다.

그곳에서 정필은 벌거벗은 채 두만강 강가를 헤매고 있는 조은애의 혼령을 발견했으며, 그녀가 억울하게 죽은 사연을 알게 되었다.

그때부터 정필은 조은애의 혼령과 함께 그녀의 복수를 해 주었으며, 인신매매로 팔려간 가족들을 구해주는 등 불쌍한 탈북자들을 구하기 위해 두만강과 압록강을 무대로 활약했고, 그러는 사이에 검은 천사라는 별명을 얻었다.

사실 조은애는 두만강으로 떠내려간 날 하류에 쳐놓은 그물에 걸렸는데 숨이 겨우 붙어 있는 의식불명의 식물인간 상태였다.

그 상태에서 그녀의 혼령이 정필에게 도움을 청한 것이었다. 이후 자신의 가족을 다 구하고 난 그녀의 혼령은 홀연히 사라졌다.

그러고는 의식이 돌아온 그녀가 기적처럼 정필 앞에 나타났으며, 두 사람은 정식으로 부부가 되었다.

정필이 자신을 결사적으로 좋아하고 따르는 혜주를 결코 받아들일 수 없던 이유가 바로 조은애 때문이었다.

조은애의 혼령이 정필 곁에 머물러 있었고, 혼령이 떠났을 때에는 그녀를 그리워했기에 혜주를 받아들이지 못한 것이다. 정필에겐 오로지 조은애뿐이었다.

그런 판타지 같은 얘기를 다 들은 선우이기에 조은애를 특히 더 좋아하는 것이다.

식사와 대화가 무르익을 무렵 정필이 선우에게 말했다.

"평양 고위층에 연줄이 있으니까 그 문제에 대해서 알아보도록 말해두마."

"제가 여기에 있는 동안 결과를 알 수 있겠습니까?"

"여기에 얼마나 있을 생각이냐?"

"길어야 이삼 일뿐입니다. 한국에서 급히 할 일이 있습니다."

정필은 고개를 모로 꼬았다.

"그렇게 빨리는 어려울 거다. 네가 한국에 가더라도 알아내는 대로 연락해 주마."

"알겠습니다, 형님."

아까부터 자꾸 시계를 보던 김길우가 조심스럽게 말했다.

"터터우, 시간이 다 됐습니다."

'터터우'는 것은 김길우가 정필을 부르는 호칭이다.

선우가 궁금한 얼굴로 물었다.

"형님, 어디 가십니까?"

"응, 형님이 이곳에 오셨는데 만나뵈러 가야 한다."

선우는 조금 놀랐다.

"형님도 형님이 계십니까?"

정필이 빙그레 웃었다.

"그래."

과묵한 정필은 자세한 설명은 하지 않았다.

혜주가 정필에게 권했다.

"아빠, 이 사람도 데려가."

"선우를?"

"응, 이 사람도 큰아빠를 만나면 도움이 되지 않을까?"

정필과 오래 생활을 한 혜주는 정필이 누굴 만나려는 것인지 짐작했으며, 또한 그가 장차 선우에게 도움이 될 것이라고 판단했다.

"너, 그런데 선우한테 왜 '이 사람'이라고 부르는 거니?"

정필의 지적에 혜주가 당황했다.

"내가 그랬어?"

"그래."

"그냥… 무의식중에 나온 말이야. 신경 쓰지 마, 아빠."

혜주가 자신의 윗사람이며 삼촌인 선우를 '이 사람'이라고 호칭한 것은 주목할 일이다.

여자가 남자를 '이 사람'이라고 호칭하는 것은 남에게 남편을 칭할 때 사용하기 때문이다.

그러나 정필은 그 문제를 덮어두고 잠시 생각하다가 고개를 끄떡였다.

"선우도 같이 가자. 형님을 소개하마."

혜주가 생글거렸다.

"나는 언니하고 놀고 있을게."

혜주는 정필을 아빠라고 부르면서 그의 부인인 조은애는 언니라고 불렀다.

정필을 따라간 선우가 소개를 받은 사람은 위엔씬이라고 하는 중국 최고위층 인물이었다.

동행한 김길우는 위엔씬이 현재 중국 정치국 상무위원이며 권력 서열 8위라고 슬쩍 일러주었다.

그런데 정필과 대화하던 위엔씬이 그 말을 듣고는 한국말로 넌지시 일러주었다.

"길우 씨, 12위야. 요즘 더 떨어졌어."

"아… 네."

정필이 빙그레 미소 지었다.

"길우 씨, 형님 한국어 많이 느셨으니까 흉볼 때 조심해요."

김길우가 얼굴을 붉히며 고개를 숙였다.

"죄송합니다."

정필과 위엔씬은 주로 중국어로 대화를 나누었으며 선우와 김길우는 듣기만 했다.

위엔씬 옆에는 45세 정도의 눈에 확 띄는 미인이 앉아 있었는데 위엔씬의 부인 메이린이라고 소개를 받았다.

정필과 위엔씬의 주된 대화 내용은 위엔씬이 이번 중국전국인민대표대회를 통해서 지금보다 더 서열이 떨어지느냐, 아니면 아예 숙청을 당하느냐는 것이었다.

두 사람 대화에서 위엔씬이 지금보다 더 높은 권력을 잡을
거라는 내용은 전혀 없었다.

하지만 선우는 위엔씬보다 정필이 그가 지금보다 더 막강한
권력을 잡길 원하고 있다는 사실을 알게 되었다.

지금까지 20년 동안 정필이 탈북자들을 도우면서도 무사할
수 있던 것은 순전히 위엔씬의 비호 덕분이었다.

그런데 만약 위엔씬이 권력 서열에서 밀려나 실각(失脚)한다
면 정필의 탈북자 도움이 큰 타격을 받을 수밖에 없다.

*   *   *

그리고 선우는 위엔씬에게 두둑한 정치 자금만 있으면 권
력 서열이 떨어지지 않을 수도 있으며, 오히려 지금보다 서열
이 더 오를 수도 있다는 사실을 두 사람의 대화를 들으면서
알게 되었다.

정필과 위엔씬은 뾰족한 해답이 없자 이윽고 대화가 뜸해지
면서 술만 마셨다.

위엔씬이 필요로 하는 것은 정치 자금인데 정필은 그것을
대줄 수가 없는 형편이었다.

정필은 지금까지 위엔씬에게 도움을 받은 것 이상으로 그에

게 정치 자금을 대주었다.

두 사람은 서로 상부상조하고 있는 것이다. 물론 서로에게 이득을 주는 것 이전에, 우정이 밑바탕에 깔려 있는 것은 두 말할 필요가 없다.

위엔씬이 숙청이나 실각을 당하지 않고 지금의 위치에 그대로 머물러 있으려면 중국 위안화로 50억 위안, 한화로 환산하면 약 8천5백억 원이 필요하다고 한다.

자신의 세력을 만들기 위해서였다. 정치라는 것이 전 세계 어느 국가나 돈이 필요하지만 공산당인 중국은 그 경우가 훨씬 더 심했다.

중국공산당 중앙정치국 상무위원은 보통 10명 안쪽이며, 현재는 9명으로 구성되어 있었다. 또한 최고 권력 기관인 동시에 최고 의사 결정 기관이다.

상무위원 서열 1위가 중국공산당 국가주석 총서기이며 2위가 상무위원회 위원장, 3위는 국가 총리이다.

현재 상무위원은 모두 9명이며 위엔씬은 그중 한 명이면서도 권력 서열은 12위다.

위엔씬이 상무위원에 속해 있으면서도 상무위원이 아닌 인물보다 서열이 뒤지는 것은 그만큼 권력의 핵심부에서 많이 밀려났다는 뜻이다.

그러니까 위엔씬이 어떻게든 9명의 상무위원에 붙어 있으려면 당장 50억 위안이 필요하다는 얘기였다.

정필과 위엔씬의 대화에 의하면 위엔씬의 서열이 지금보다 몇 단계, 최소한 서열 5위까지 상승하려면 200억 위안, 한화로 3조 4천억 원 정도가 필요하다는 것이었다.

그렇지만 정필의 자금 사정은 좋지 않아서 50억 위안을 맞추는 것도 벅찬 형편이다.

사실 정필은 지난 20년 동안 중국에 여러 개의 사업체를 갖게 되었다.

그것들을 다 매각한다면 3조를 상회하는 어마어마한 자금을 마련할 수 있지만 사업체라는 것이 내놓는다고 해서 금세 매각되는 것이 아니다.

정필은 자신의 사업체를 모두 정리해서라도 위엔씬의 정치 자금을 대주고 싶어 하고, 위엔씬은 그것을 알고서 그러지 말라고 적극 만류하고 있는 상황이다.

그런 상황이기 때문에 만약 위엔씬이 중국 최고 권력인 국가주석의 자리에 오르려고 도전한다면 거기에 드는 정치 자금이 얼마일지 상상하기조차 어렵다.

두 사람의 대화를 듣고 나서 선우는 비로소 혜주가 자신에게 정필을 따라가라고 말한 이유를 깨닫게 되었다.

위엔씬을 도와주고 추후 위엔씬의 도움을 받으라는 뜻이다.

그는 조심스럽게 말문을 열었다.

"형님, 제가 도울 일이 없겠습니까?"

정필이 씁쓸한 얼굴로 선우를 쳐다보았다.

"자네가?"

"네."

정필은 선우가 세계 최대 다국적 기업인 스포그의 주인이라는 것과 세계 최고 부자인 'K—Sun'이라는 사실을 알고 있기 때문에 그가 어떻게 도우려는 것인지 짐작이 갔다.

하지만 선우가 막대한 자금을 내놓아도 그게 정작 자신에게는 아무런 이득이 되지 않는다면 헛돈을 쓰는 꼴이 되고 말 것이다.

선우가 세계 최고의 부자라고는 하지만 어느 누구에게도 돈이란 소중한 것이며 헛되게 쓰고 싶지 않을 것이다.

그걸 알기에 정필은 선우에게 선뜻 도움을 바라지 않았다.

선우는 빙긋 미소 지었다.

"만약 위엔씬께서 중국 국가주석이 되신다면 우리 스포그에도 큰 도움이 될 겁니다."

정필이 어이없다는 표정을 지었다.

"국가주석 말인가?"

"그렇습니다. 몇 단계 상승하는 것보다는 기왕이면 주석이 되시는 게 좋을 것 같습니다."

정필은 씁쓸한 표정을 지었다.

"그런가?"

정필은 반신반의했다. 선우가 정필 자신 때문에 일부러 위엔씬을 도우려 한다고 생각한 것이다.

"그리고 우리의 목적은 부강한 대한민국을 만들고 국민이 풍요하게 잘살도록 하는 것입니다."

선우는 위엔씬을 응시하며 진심 어린 표정을 지었다.

"저는 위엔씬께서 평화적인 남북통일 정착에 적극 협력해 주실 것이라고 믿습니다."

아직 한국말이 익숙하지 않은 위엔씬은 정필의 통역을 듣고서 빙그레 미소 지었다.

"나는 평화적인 남북한의 통일을 진정으로 원하는 사람일세. 그러면 더 이상 탈북자도 없을 것이고 북한에서 굶어 죽는 사람도 생기지 않겠지."

그는 선우가 도움이 될 것이라고는 꿈에도 기대하지 않고 그저 자신의 포부를 말했다.

"단 한 가지 조건, 즉 남북한이 통일되면 중국과 통일 대한민국이 상호간에 불가침조약을 굳게 맺는 걸세. 그것만 지킨다면 나는 남북한 통일에 무조건 찬성이야."

정필이 고개를 끄떡였다.

"위엔씬 형님께선 언제나 나를 지지해 주셨다. 그리고 남북한 통일에 있어서도 적극적이셨지."

선우는 진지한 표정을 지으며 유창한 중국어로 말했다.

"그럼 어떻게 해야 위엔씬께서 중국 국가주석에 오르실 수 있는지 말씀해 주십시오."

위엔씬이 어리둥절한 표정을 지었다.

"링디(弟: 아우님), 자네 아우가 무슨 말을 하는 건가?"

정필이 망설이자 선우가 말을 하라고 고개를 끄떡였다.

정필은 자세를 고쳐 앉고 더욱 진지한 표정을 지으며 위엔씬에게 말했다.

"따거께서 국가주석이 되시도록 제 아우가 자금을 대겠다고 합니다."

위엔씬은 흡족한 미소를 지었다.

"고맙네."

위엔씬이 중국의 제일인자인 국가주석에 오르기 위해서 필요한 자금은 천문학적이다. 그것을 젊은 선우가 댄다는 것이 그저 말만이라도 고마운 것이다.

"따거, 제 아우는 그럴 만한 능력이 있습니다."

위엔씬은 웃으면서 손을 저었다.

"답답하니까 링디가 이제는 농담을 다 하는군."

정필이 정색했다.

"농담이 아닙니다."

"……."

"따거, 현재 세계 제일의 부자가 누구인지 아십니까?"

머리가 좋은 위엔씬이지만 정필이 어째서 갑자기 그런 것을 묻는지 알지 못했다.

"그야… 케이선이라는 인물이 아닌가?"

"제 아우가 바로 그 케이선입니다."

"……."

위엔씬은 눈을 껌뻑거리면서 정필과 선우를 번갈아 쳐다보았다.

정필의 말을 믿기는커녕 정필과 선우가 합동으로 농담하는 거라고 여기는 표정이 역력했다.

정필이 진지하게 말했다.

"따거, 제가 거짓말이나 농담 같은 거 하지 않는 거 아시잖습니까?"

"그럼……."

지금까지 잠자코 있던 위엔씬 부인 메이린이 놀라면서도 조금 답답하다는 듯 선우를 가리키며 위엔씬에게 말했다.

"여보, 이분이 세계 제일의 부자 케이선이라고 하잖아요. 왜 믿지 않는 건가요?"

"어… 그래."

위엔씬은 잠시 허둥거리더니 선우를 보면서 물었다.

"자네가 정말 케이선인가?"

"그렇습니다."

"어… 그렇다는 말이지?"

선우가 세계 제일의 부자 케이선이라는 사실을 위엔씬이 믿기까지는 꽤 오랜 시간이 걸렸다.

원래 사람은 자신에게 갑자기 찾아온 불행보다는 행운을 더 믿지 못하는 습성이 있다.

"1,000억 위안……."

김길우가 넋 나간 표정으로 중얼거렸다.

선우가 돈 걱정은 하지 말고 위엔씬이 완벽하게 중국 국가 주석의 자리에 오르려면 얼마가 필요하냐고 물은 후, 한 시간 정도 노트북과 계산기를 두드리고 난 후에 나온 액수이다.

정필과 위엔씬, 그리고 메이린과 김길우까지 긴장된 표정으로 선우를 바라보았다.

케이선이 세계 제일의 부자라고 해도 1,000억 위안, 한화로 17조 원이 훌쩍 넘고 달러로는 무려 151억 달러가 넘는 어마어마한 거액을 선뜻 내놓을지는 의문이다.

사실 선우도 조금 놀랐다. 중국 국가주석이 되기 위해 당 간부들을 돈으로 매수하고 세력을 넓혀봤자 맥시멈 5조 원을 넘지 않을 것으로 예상했기 때문이다.

참고로 세계 최대 크기의 컨테이너선인 2만 2천 TEU 한 척 가격이 1억 7천만 달러, 한화로 1,900억 원, 위안화로는 약 11억 2천만 위안이다.

그러니까 1,000억 위안과 17조 원, 151억 달러가 얼마나 엄청난 액수인지 짐작이 갈 것이다.

위엔씬이 선우를 위로하듯이 미소 지었다.

"너무 큰돈이라는 거 아네. 신경 쓰지 말게."

선우는 빙그레 웃었다.

"해드리겠습니다."

선우가 너무 선선하게 승낙하자 정필과 위엔씬, 메이린, 김 길우 모두 소스라치게 놀라며 아무 말도 하지 못했다.

정필을 제외한 세 사람은 선우의 말을 믿지 못했다.

그렇지만 선우의 말을 믿는 정필이라고 해도 염려스러운 표 정을 짓지 않을 수 없었다.

"괜찮겠나?"

"문제없습니다."

"151억 달러는 적은 돈이 아냐."

선우는 빙그레 미소 지었다.

"형님, 공식적인 제 재산이 얼마인지 아십니까?"

알려진 바에 의하면 세계 2위의 대부호인 빌 게이츠의 재산이 860억 달러라고 하는데 케이션은 그보다 100배를 훌쩍 뛰어넘는 9조 달러 정도라고 하니 빌 게이츠하고는 도저히 비교 불가다.

"9조 달러라고 알고 있네."

남편 위엔씬보다 한국어를 더 잘하는 메이린이 그 말을 남편에게 전해주었다.

"9조 달러……"

위엔씬이 입에 거품을 무는 표정을 지었다.

선우는 고개를 끄떡이며 미소 지었다.

"그게 3년 전인데 잘못된 것이었습니다. 사실은 12조 달러였습니다."

다들 너무 놀라서 입도 벙긋하지 못하는데 선우가 말을 이었다.

"그런데 3년 동안 재산이 세 배로 불었습니다."

12조의 세 배면 36조 달러라는 얘기이다.

선우는 어깨를 으쓱해 보였다.

"정필 형님, 151억 달러가 아직도 저에게 거금이라고 생각하십니까?"

36조에 151억이면 그야말로 조족지혈이다.

선우는 진지하게 말했다.

"게임은 지금부터입니다. 151억 달러를 헛되이 날리지 않으려면 두 분께서 잘 상의하셔야 할 겁니다."

위엔씬은 벌떡 일어나 중국식으로 두 손을 맞잡아 포권의 예를 취했다.

"정말 감사하네! 이 은혜는 죽어도 잊지 않겠네!"

위엔씬의 두 눈에 눈물이 그렁그렁 고여 있었다.

정필의 소개로 위엔씬은 선우의 큰형님이 되었다.

그날 선우와 정필, 위엔씬 등은 허리띠를 풀어놓고 마음껏 먹고 마셨다.

일행 모두 정필의 집인 '미카엘의 성'으로 옮겨 2차로 또 술을 진탕 마셨다.

선우와 혜주, 위엔씬과 메이린, 그리고 정필 쪽에서는 선우가 예전에 보지 못한 사람들까지 모여서 시끌벅적, 그리고 화기애애하게 술을 마셨다.

"응⋯⋯."

선우는 아직 캄캄한 이른 새벽에 잠이 깨자 머리가 지끈지끈 아팠다.

선우가 뒤척이자 그에게 안겨서 자던 혜주도 깨서 몸을 일으켜 앉으며 머리맡의 작은 불을 켰다.

"삼촌, 괜찮아?"

"아, 머리가 아프다. 물 좀 줘."

혜주가 침대에서 내려가 실내 정수기에서 물을 받아 갖고 오는데 그녀는 팬티도 입지 않은 알몸이다.

"왜 벗고 있어?"

선우가 상체를 일으켜 앉으면서 묻자 혜주가 눈을 하얗게 흘기면서 물 컵을 내밀었다.

"삼촌, 술에 취해서 나한테 덤빈 거 기억 안 나?"

"내가 그랬어?"

선우가 물을 마시는 걸 보면서 혜주가 수줍게 말했다.

"짐승같이 세 번씩이나 하고……."

선우는 물 컵을 내려놓고 비스듬히 누워서 혜주를 바라보며 감탄했다.

"혜주 너, 정말 아름답다."

혜주는 좋으면서도 부끄러워 주먹으로 선우의 가슴을 탁 때리고 침대로 올라왔다.

선우는 그녀를 잡아서 자신의 몸 위에 엎드린 자세로 눕히고는 그녀의 매끄러운 등과 엉덩이를 쓰다듬었다.

"나 술이 취한 것 같은데 실수하지 않았어?"

"안 하긴?"

혜주는 그의 어깨에 뺨을 대고 입술로 그의 귀를 간질이면서 속삭이듯 말했다.

"삼촌 술 취해서 사람들 다 있는 곳에서 날 자기 무릎에 앉히고, 내가 삼촌 아이를 임신했다면서 얼마나 큰 소리로 떠들고 자랑을 하는지……."

선우는 깜짝 놀랐다.

"내가 그랬어?"

"그래. 게다가 내가 삼촌 마누라라면서 아빠한테 장인어른이라고 절 받으라고… 푸훗!"

"맙소사! 정필 형님은 뭐라고 하셨어?"

"좋아하시지."

"정말이야?"

혜주는 눈을 감았다.

"이제 내 걱정하지 않아도 된다면서 정말 기뻐하셨어."

정필에게 양딸 이상의 존재인 혜주가 서른네 살이 되도록 결혼을 하지 않고 일에만 매달려 혼자 살고 있으니, 정필의 걱정이 이만저만이 아니었다.

그렇지만 혜주는 정필이 한 말 하나를 일부러 선우에게 말하지 않았다.

"혜주야, 너 성깔 부리지 말고 선우 말 잘 들어야 한다."

혜주는 그 말을 선우에게 하지 않은 대신 다른 말을 했다.

"나 삼촌 말 잘 들을게."

"고마워."

선우는 숨이 막히도록 혜주를 꼭 안아주었다.

*　　　　　*　　　　　*

선우가 연길에 온 지 이틀이 지났지만 원하는 대답을 얻을
수가 없었다.

평양에 있는 정필의 연락책이 고급 정보를 얻을 수 있는 인
물을 만나지 못했고 또 그런 자리에 접촉하지 못하고 있다는
것이다.

정필의 최측근인 재영이 세 명의 동료와 함께 탈북자 40여
명을 분산해서 이끌고 중국 남부 윈난으로 떠난 상황이다. 윈
난 남부는 베트남 접경 지역이다.

재영은 탈북자들을 이끌고 베트남 정글로 들어가 캄보디
아—태국 국경의 은신처까지 안전하게 호송해 주고 나서 돌
아올 것이다.

재영이 있었다면 그가 북한 평양까지 직접 갔다가 오겠지
만 지금은 평양에 갈 사람이 아무도 없는 실정이다.

정필은 중국 전국인민대회가 보름 앞으로 다가왔기 때문에
위엔씬의 국가주석 만들기 프로젝트에 올인하고 있는 상황이
라서 꼼짝도 하지 못한다.

결국 목마른 사람이 우물을 판다.

선우는 권보영과 함께 북한에 잠입하여 평양으로 가서 직접 궁금한 것을 알아내기로 결심했다.

그렇다고 맨땅에 헤딩하는 것은 아니다. 북한 내부와 평양에 정필이 심어놓은 연줄이 있기 때문에 그들의 도움을 받을 수 있었다.

그렇지만 선우가 북한의 중심부 평양으로 직접 잠입하는 것은 위험하기 짝이 없는 일이다.

이러려고 권보영을 데려온 것은 아니지만 지금 와서 보니 그녀를 데려오길 잘한 듯싶었다. 북한 내에서 활동하려면 권보영의 도움이 절대적이었다.

두 사람은 북한 출입증을 지니고 있는 중국 상인으로 위장하고, 연식이 오래된 벤츠 승합차를 몰고 연길에서 40㎞ 거리에 위치한 도문으로 향했다.

중국에서 두만강을 건너 북한으로 들어가는 관문은 세 곳이 있는데 도문은 그중 하나이다.

9월 6일 오전 10시 27분.

부부로 변장한 선우와 권보영은 승합차 운전석과 조수석에 앉아서 도문교에 길게 늘어서 있는 통관 차량들 사이에 끼어 있었다.

운전은 선우가 하고 있으며, 정필 측근인 변장의 대가가 솜씨를 발휘해 선우를 중년인으로 탈바꿈시켜 주었다.

선우는 단지 눈가와 입가에 약간의 주름을 만들고 코밑과 입 주변에 잘 어울리는 수염만 붙였을 뿐이지만 영락없는 40대 중후반의 잘생긴 중년인으로 보였다.

선우는 오늘 이른 아침 정필과 그의 측근들로부터 북한에 들어가면 어떻게 행동해야 하는지에 대해서 벼락치기로 공부했다.

벼락치기라고는 하지만 한 번 보고 들은 것은 절대 잊어버리지 않는 선우라서, 두 시간 공부한 것이 십 년 이상 북한에 대해 전문적으로 연구한 사람보다 나을 수도 있었다.

선우는 직접 북한의 수도인 평양에 잠입해서 필요한 정보를 알아내게 될 줄은 전혀 예상하지 못했다.

그렇지만 연길까지 와서 그냥 빈손으로 돌아갈 수는 없었다.

마현가의 디데이는 얼마 남지 않았다. 그전에 충분한 대비를 해야만 했다.

권보영은 꼿꼿한 자세로 조수석에 앉아 있었다.

그녀는 장사치의 부인다운 수수한 옷차림을 했지만 워낙 키가 크고 늘씬하며 뛰어난 미모의 소유자라서 사람들의 시선을 집중시키기에 충분했다.

올해 45세의 나이지만 실제로는 35~36세로 보였으며, 평생 운동과 훈련으로 다져진 명품 몸매를 지니고 있었다.

도문교에 길게 늘어선 차량은 대부분 트럭과 승합차로, 북한으로 들어가는 식량과 생필품이 실려 있었다. 북한 사람이 직접 중국에 와서 물건을 사 가는 경우와 북한 내에서의 활동이 허가된 중국 상인들이다.

선우네 승합차는 운전석과 조수석 뒤에 좁은 침실 겸 주방이 있으며 그 뒤 짐칸에 잡화가 가득 실려 있었다. 이 승합차는 6인승 밴을 개조한 것인데 원래 진짜 중국 상인이 사용하던 차를 빌렸다.

도문교 중간에서 북한 측 세관원과 보안원 네 명이 차량을 일일이 검사하고 있는 터라서 행렬은 매우 더디게 조금씩 전진하고 있었다.

정필이 구해준 특수 신분증을 보이면 다른 차량들보다 신속하게 통과할 수 있을 테지만 도문교가 왕복 2차선이라서 어떻게 해볼 도리가 없는 상황이다.

선우는 권보영이 너무 꼿꼿하고 딱딱하게 앉아 있는 것이 아까부터 자꾸 신경 쓰였다.

"편하게 있어라."

선우의 말에 권보영이 그를 쳐다보았다.

"어떻게 말입니까?"

철이 들면서부터 군대에 있던 그녀의 딱딱한 언행이 쉽게 고쳐질 것 같지 않아 선우는 다시 더 강한 최면을 걸 필요를 느꼈다.

"날 봐라."

권보영이 선우의 눈을 쳐다보자 그는 강한 최면력을 쏘아내면서 말했다.

"이제부터 너는 내 아내다. 우리는 20년 동안 부부로 살았다. 그러니까 아내답게 행동하도록 해라."

권보영이 애매한 표정을 지었다.

"어… 떻게 하는 겁니까?"

권보영은 한 번도 결혼한 적이 없다.

"아내가 남편에게 어떻게 한다는 것을 알고 있나?"

"압니다."

"나는 너의 남편이고 넌 내 마누라야. 그리고 20년 동안 함께 살았어. 그럼 어떻게 행동해야 하는지 알겠지?"

"네, 여보."

권보영의 표정이 누그러지고 자세가 흐트러졌다.

"뒤로 더 편하게 기대."

"네, 여보."

권보영은 의자를 조금 눕히고 눕듯이 편하게 기대앉았다.

선우는 고개를 끄떡였다.

"좋아."

선우네 승합차가 마침내 통관을 끝내고 도문교 너머 남양읍에 들어온 것이 11시 20분이니까 통관하는 데 거의 한 시간이나 걸린 셈이다.

선우와 권보영은 남양읍 역 앞 식당에서 국밥 비슷한 것을 한 그릇씩 주문했다.

한국에서는 국밥을 주문하면 고기가 가득인데 여기 국밥에는 고기라고는 손톱만 한 것도 보이지 않고 야채 건더기도 조금 들었으며 고기 냄새만 살짝 풍겼다.

식당 안에는 도문교를 통과한 장사치들로 북적거렸으며, 다들 빼어난 용모의 선우와 권보영을 자주 힐끗거렸다.

두 사람이 40대 부부로 위장했지만 지니고 있는 미모는 감추지 못했다.

권보영은 선우의 진짜 부인, 아니, 마누라처럼 굴었다.

두 사람 다 중국어에 능통하기 때문에 선우는 북경어로, 권보영은 길림성 사투리로 구수하게 대화하면서 식사를 했다.

권보영은 살가운 마누라처럼 선우가 식사하는 데 불편하지 않도록 이것저것 살뜰하게 챙겼다.

그리고는 선우가 밥을 남기자 그 밥을 자신의 국밥에 쏟아 넣고 말아서 맛있게 다 먹어 치웠다.

선우의 최면력은 정말 대단했다. 지금 이 순간 권보영은 자신이 선우의 마누라로서 20년 동안 살아왔다고 철석같이 믿고 있었다.

북한에서 제일 빠른 대중교통 수단은 차량으로 이동하는 것이다.

북한의 열차는 전기로 움직이는데 전기 사정이 워낙 열악해서 가다 서다를 반복하기 때문에 남양읍에서 평양까지 600여 킬로미터 거리를 가는 데 빠르면 열흘이고 늦을 경우에는 한 달 이상 걸릴 수도 있다고 한다. 믿어지지 않지만 사실이다.

그래서 열차 여행을 하는 사람들은 열차 내에서 숙식을 해결해야 하기 때문에 식량과 솥, 냄비, 장작 따위를 일체 구비해야 굶지 않았다.

북한 열차는 콩나물시루처럼 복잡하기 때문에 자리를 비우는 즉시 다른 사람에게 뺏긴다.

자리를 뺏기지 않으려면 앉은 자리에서 모든 것을 다 해결해야만 한다.

밥을 하는 것은 물론이고 대소변도 그 자리에서 보고 비닐 같은 것에 싸서 창밖으로 버린다.

누가 보든 말든, 남자든 여자든 창피한 것도 없다. 자리를 뺏기면, 짧으면 열흘에서 길면 한 달 동안 서서 가야 하는 판국인데 부끄러움이 무슨 대수겠는가.

나만 혼자 열차 내에서 대소변을 보면 부끄럽지만 열차 내의 모든 사람이 그런다면 더 이상 부끄러운 일이 아니다.

차량을 이용하는 도로 사정도 형편없지만 그래도 열차처럼 멈춰서 하염없이 기다리지는 않으니까 3~4일이면 평양에 갈 수 있다고 한다.

선우와 권보영은 남양읍에서 점심 식사를 하자마자 회령시가 있는 남서쪽으로 출발했다.

대한민국 전라남도 해남 땅끝마을에서 서울까지 천 리 길, 서울에서 한반도 북쪽 끝인 남양까지 이천 리 길, 합해서 삼천리라고 옛날부터 불러왔다.

남양에서 회령까지 직선거리는 80㎞ 정도지만 이 지역은 험준한 산악 지대에 절반 이상이 비포장도로라서 실제로는 250㎞가 넘는 먼 거리이다.

더구나 길이 워낙 꼬불꼬불하고 오르막과 내리막, 아슬아슬한 벼랑 지대를 지나는 길이 많아서 평균 30㎞ 이상 속도를 낼 수가 없다.

"내가 운전할까요?"

남양읍을 벗어나서 얼마 지나지 않아 산길이 시작되자 선우는 운전대를 그녀에게 넘겨주었다.

선우가 보기에 권보영의 운전 실력은 카레이서를 무색하게 만들 정도로 훌륭했다.

그녀는 험준하고 좁은 산악 비포장도로를 평균 50~60km의 속도로 내달렸다.

만약 선우가 운전했다면 아무리 빨리 달린다고 해도 40km를 넘지 못했을 것이다.

회령시를 약 35km쯤 남겨놓은 산중에서 선우는 권보영에게 차를 세우라고 했다.

권보영은 괜찮다고 하지만 선우가 보기에 계속 운전을 강행하다가는 무슨 사고가 날 것만 같았다.

해가 지자 주위가 온통 캄캄해져서 아무것도 보이지 않고 오로지 헤드라이트 불빛에 전방 10m 안팎만 간신히 보일 뿐이다.

조금 전 헤드라이트에 비친 표지석에는 이곳이 해발 1,700m라고 빨간 글씨가 적혀 있었다.

선우가 보기에 이건 길이 아니다. 한국에서 최악의 비포장도로라고 해도 이 길보다는 백배 나을 것이다.

"날이 밝으면 출발하자."

권보영이 차를 조금 몰고 가다가 길가의 산 쪽으로 움푹 들어간 후미진 곳에 승합차를 밀어 넣었다.

"시장하죠?"

권보영이 선우를 보면서 물었다.

"그래. 그리고 둘이 있을 땐 한국어로 말해."

"알갔씨요."

권보영의 입에서 대뜸 함경북도 사투리가 튀어나왔다.

그녀는 운전석과 조수석 사이의 좁은 틈으로 뒷좌석에 넘어가려고 했다.

그러다 보니 선우 쪽으로 엉덩이를 디밀다가 그의 얼굴에 문지르고 말았다.

그렇지만 권보영은 대수롭지 않게 여기고 뒷좌석으로 넘어갔다. 20년 동안 함께 산 부부니까 그 정도는 아무것도 아니라고 여기는 것 같았다.

"밥 다 됐시오. 날래 오기요."

선우가 휴대폰을 들여다보고 있을 때 뒷좌석의 권보영이 그를 불렀다.

남양에서 평양까지 가려면 차에서 먹고 자야 하는 일이 다반사일 거라면서 침구와 식자재를 준비했다.

선우가 권보영에게 물었다.

"여기에서 휴대폰 되나?"

"손전화 말임까?"

"그래."

"두만강에서 50㎞ 이내는 연변의 영향권에 드니까 손전화 될 거임다."

권보영은 자신이 그런 사실을 어떻게 알고 있는지 궁금하게 생각하지 않았다. 최면에 걸린 상태이기 때문에 본능에 따라서만 행동하는 그녀이다.

선우가 정필에게 전화하려고 번호를 누르려는데 권보영이 밥을 푸면서 말했다.

"이 지역에서는 보위부가 감청을 하니까 재수 없으면 보위부를 부르는 꼴이 됨다."

"우린 중국 상인인데도 보위부한테 저촉되나?"

"그건 아임다. 우린 괜찮슴다."

선우는 정필에게 전화하려다가 그만두었다. 중국 상인은 괜찮다고 해도 괜히 보위부를 불러들일 필요는 없었다. 재수 없으면 걸린다고 했지만 그걸 시험해 보고 싶지는 않았다.

선우와 권보영은 평평한 뒷좌석에 조그만 상을 펴놓고 마주 앉아 늦은 저녁 식사를 했다.

상에는 밥과 찌개, 그리고 몇 가지 밑반찬이 놓여 있었다.

식사를 하는 중에도 권보영은 선우를 일일이 챙기고 시중을 들었다.

식사 후에 권보영은 커피 믹스를 타서 선우와 나누어 마셨으며, 두 사람은 양치 후에 자려고 자리에 누웠다.

쿠션이 있는 평평한 바닥에는 전기장판이 깔려 있으며, 그 위에 이불을 펴고 두 사람은 나란히 누웠다.

키가 큰 선우는 똑바로 누울 수가 없어서 권보영을 등지고 돌아누웠다.

그러자 권보영이 익숙한 동작으로 뒤에서 그에게 찰싹 달라붙더니 바지 속으로 손을 쑥 넣었다.

선우는 움찔했다.

"뭐 하는 거야?"

선우가 급히 권보영의 손을 잡았지만 이미 그녀의 손은 선우의 그것을 잡고 있었다.

"어째 그럼까?"

그런데 권보영은 외려 선우가 이상하다는 듯 더 달라붙으면서 그것을 잡은 손에 힘을 주었다.

"한번 하기요."

선우는 벌떡 일어나 앉으면서 권보영의 손을 뺐다.

"권보영!"

권보영이 누운 채 이상하다는 표정으로 그를 올려다보았다.

"부부가 그거이 하는 거이 잘못임까?"

"……"

선우는 말문이 막혔다. 권보영에게 자신과 20년 동안 살아온 부부라고 강한 최면을 걸었더니 이런 식의 부작용이 생겼다.

부부가 20여 년을 같이 살았다면 섹스는 수천 번도 더 했을 것이다.

참고로 실제의 권보영은 성욕이 남달리 강했다. 하지만 홀몸이다 보니 평소에는 왕성한 성욕을 억제하면서 살아왔는데 그런 본능이 20년 동안 함께 산 부부라고 최면을 건 상태에서 분출한 것이다.

*   *   *

"나는 나그네(남편)하고 오늘 한번 하고 싶습다."

권보영이 앉아 있는 선우의 사타구니로 또 손을 뻗었다.

"하지 마라."

선우는 권보영의 손을 뿌리치며 엄하게 말했다.

권보영이 일어나서 앉았다.

"오늘 나그네 마이 이상함다."

"……"

"내가 싫어졌슴까? 아니믄 다른 여자가 생긴 거임까?"

권보영은 최면이 제대로 걸렸다.

선우는 그녀의 최면을 잠시 풀려고 했지만 캄캄한 곳에서는 동공을 제대로 맞출 수가 없으므로 그것도 여의치 않았다.

서로 마주 동공을 봐야 최면을 걸거나 풀 수 있는데 선우는 권보영의 동공을 보는 게 가능하지만 그녀는 선우 얼굴도 보이지 않는 상황이다.

그러면서도 선우는 권보영에게 화를 내거나 고자세로 나가는 것은 좋지 않다고 생각했다.

"오늘은 하기 싫어."

"기럼 나그네는 가만히 누워만 있으라요. 내가 다 하갔슴다. 알갔디요?"

"……"

그냥 누워만 있으라는데 뭐라고 할 말이 없다. 그것마저 거절하면 권보영이 어떻게 나올지 모른다.

선우는 그대로 묵묵히 앉아 있었다. 아무 말도 하지 않고 가만히 있으면 권보영이 제풀에 지쳐서 그만둘지도 모른다고 생각했다.

그러나 권보영은 오해를 했다. 그는 선우가 가만히 있는 것이 그녀가 말한 것처럼 그는 가만히 있고 그녀 혼자 마음대로 하라는 뜻이라고 해석했다.

그녀는 서둘러 자신의 바지와 팬티를 벗더니 선우의 바지를 벗기려고 했다.

"이게……!"

짝!

선우는 벼락같이 권보영의 뺨을 갈겼다.

권보영은 맞은 뺨을 만지면서 놀란 얼굴로 선우를 빤히 쳐다보았다.

그러고는 주섬주섬 팬티와 바지를 입더니 차 문을 열고 밖으로 나가 버렸다.

"후우……."

선우는 한숨을 길게 내쉬고 누웠다.

권보영은 찬바람을 쐬고 돌아올 거라고 간단하게 생각했다.

그는 눈을 감고 잠을 청했다.

잠이 오지 않았고, 15분쯤 지났는데 그때까지도 권보영은 돌아오지 않았다.

선우는 뭔가 일이 잘못 꼬이고 있다는 생각이 들었다.

권보영이 어떤 성격이라는 것은 정필에게 들어서 잘 알고 있다.

현재 그녀는 선우의 부인이라고 최면이 걸려 있는 상태지만 그렇다고 해서 본래의 성격, 본성이 변하는 것은 아니다.

그녀는 평생 북한 인민군 보위부에서 근무했으며, 현재는 북한 정찰총국 예하 대남공작을 담당하는 35국의 국장인 어마어마한 신분이다.

눈 하나 깜짝하지 않고 사람을 잔인하게 죽이고 남자 알기를 발가락에 낀 때만큼도 여기지 않는다고 했다.

그런 그녀가 선우에게 섹스를 한번 해달라고 사정하는 것도 우스운 일이지만 그걸 거절당하고 뺨까지 얻어맞았을 때 어떻게 행동할진 감도 잡히지 않는다.

선우는 급히 승합차에서 나와 길로 달려 나가 양쪽을 쳐다보면서 권보영을 찾아보았다.

달도 별도 하나 없는 캄캄한 밤이지만 선우의 눈에는 대낮처럼 밝게 보였다. 하지만 권보영의 모습은 어디에서도 보이지 않았다.

"이런, 정말 가버렸어."

선우는 낭패한 표정을 지었다. 그러면서 한 가지 사실을 깨달았다.

권보영으로서는 섹스를 거절당했다는 사실이 충격적이고 또 자존심이 몹시 상했다는 것이다.

선우는 길의 양쪽을 쳐다보았다. 권보영은 양쪽 길 중 한 방향으로 갔을 것이다. 조금 전 같은 상황에서 선우였으면 어떻게 했을 것인가.

그는 지나온 길을 향해 달리기 시작했다. 권보영은 20년 동안 선우와 함께 살던 중국으로 되돌아가고 있을 것이다.

　전속력으로 달린 선우는 5분쯤 달려서야 저만치 씩씩하게 걸어가고 있는 권보영을 발견했다. 그녀는 승합차가 있는 곳에서 4㎞나 떨어진 곳을 걸어가고 있었다.

　"보영아!"

　선우가 달려가면서 불렀음에도 권보영은 뒤돌아보지도 않고 계속 걷기만 했다.

　화가 단단히 난 모양이다.

　선우는 20년이나 같이 산 아내가 섹스를 거절당하고 뺨을 맞으면 어떤 기분일지 상상력을 동원해 보았다.

　만약 선우가 아내의 입장이라면, 그리고 권보영의 칼 같은 성격을 감안하면 그 자리에서 남편을 죽이지 않은 게 다행일 거라는 생각이 들었다.

　"보영아."

　선우가 어깨를 잡자 권보영이 걸음을 멈추고 뒤돌아서는데 뜻밖에도 그녀는 울고 있었다.

　붉은 마녀라는 닉네임으로 북한에서는 산천초목을 떨게 만드는 권보영이 울고 있다.

　"어딜 가는 거야?"

　"내래 나그네한테 버림받았는데 어딜 가겠슴까? 정처 없이

떠돌다가 어디 안 보이는 구석에 가서리 칵 죽어버려야지 않
　습둥?"

"보영아."

"어드메 나그네가 앙까이(부인) 이름을 막 부름까?"

선우는 권보영의 어깨를 감싸면서 부드럽게 불렀다.

"여보."

"내래 길케 밉습까?"

"밉긴 왜 미워? 누가 그래?"

"미우니끼니 그거이 하자니까 뿌리치고서리 나를 때리
고……."

"내가 미안하다. 잘못했어."

선우가 달래자 권보영은 더욱 서럽게 울었다. 그녀는 자신
이 선우하고 20년을 같이 산 부부라고 철석같이 믿고 있는 게
분명했다.

　작전을 위해서는 어쩔 수가 없었다.

　이것은 선우만 아는 사실이다. 권보영은 최면에서 풀리면
이 일을 전혀 기억하지 못할 것이다.

　선우는 어떤 기척에 잠에서 깼다.

　여러 개의 발소리인데 조금씩 가까이 다가오고 있었다.

선우는 일어나려다가 권보영이 벌거벗은 상체를 자신의 몸 위에 얹은 자세로 엎드려 자고 있다는 사실을 알게 되었다.

매끄러우면서도 탄탄한 상체이다. 그리고 터질 듯이 풍만한 유방이 선우의 벗은 가슴에 짓눌려 있다.

그는 권보영의 귀에 대고 나직하게 속삭였다.

"보영아, 누가 오고 있어."

권보영이 번쩍 눈을 뜨더니 서둘러서 옷을 입으면서 말했다.

"군인일 검다."

"군인?"

"이렇게 깊은 산에는 군인밖에 다니지 않슴다. 길티만 우리 같은 장사꾼을 보면 곧장 강도로 돌변함다."

그녀는 승합차의 커튼을 살짝 걷고 바깥 동정을 살피더니 문의 록 장치를 풀면서 말했다.

"나그네는 차 안에 가만히 계시기요. 나오면 다침다."

드르륵.

권보영은 자신이 장사꾼 마누라로 20여 년을 살아왔다고 믿으면서도 언제 강도로 돌변할지 모르는 군인들을 추호도 무서워하지 않았다.

아마 그녀의 강렬한 성욕이 그런 것처럼 최면으로도 누르지 못하는 공격적인 본능이 살아난 모양이다.

그때 밖에서 권보영의 날 선 목소리가 들렸다.

"너희들, 뭐 하는 놈들이야?"

"야! 이 에미나이, 손 들라우! 이 총 안 보이니?"

상대는 총을 지니고 있는 모양이다. 권보영의 짐작대로 군인들인 것 같았다.

권보영이 위험하다고 판단한 선우는 재빨리 문을 열고 밖으로 달려 나갔다.

따딱! 퍼퍼픽!

"으흑!"

"커헉!"

그때 둔탁한 소리와 답답한 신음 소리가 쏟아져 나왔다.

승합차 앞쪽으로 돌아가던 선우는 권보영이 격투술로 군인들을 가차 없이 때리는 광경을 목격했다.

권보영은 한 마리 성난 호랑이이고 군인들은 순한 양 떼에 불과했다. 전혀 상대가 되지 않았다.

그런데 군인이 많았다. 정확히 열두 명이다.

더구나 군인 중 몇 명이 권보영에게 총을 쏘려고 했는데 그보다 빨리 그녀의 주먹과 발길질이 그들을 거꾸러뜨렸다.

불과 30초 사이에 열두 명의 북한 군인이 모조리 쓰러져서 끙끙 앓는 소리를 냈다.

권보영은 조금도 힘들지 않은 얼굴로 발을 구르며 군인들에게 엄포를 놓았다.

"날래 꺼지지 않으면 아예 죽여 버리갔어!"

군인들은 비실비실 일어나더니 서로 부축을 하고 회령 쪽으로 달아나기 시작했다.

그런데 선우가 보니 군인이라는 놈들이 하나같이 10대 어린 소년들이며 키가 160㎝가 넘는 놈이 한 명도 없었다. 다들 피죽도 못 먹었는지 눈이 퀭하고 뺨이 움푹 꺼졌으며 앙상하게 마른 체구였다.

"이봐! 너희들, 거기 서라!"

선우는 재빨리 뛰어가 군인 한 명의 팔을 잡았다.

15~16세로 보이는 작은 체구의 군인은 겁에 질려서 두 손을 싹싹 빌었다.

"아아, 잘못했슴다. 용서해 주시라요."

그 군인은 키가 150㎝도 안 될 것 같았다. 그가 어깨에 메고 있는 소총 개머리판이 땅에 닿을 정도이다.

선우는 측은지심이 생겼다.

"해치려는 게 아니니까 겁내지 마라."

다른 군인들은 도망치다 말고 이쪽을 쳐다보고 있었다.

"너희들, 배고프니?"

선우에게 팔이 잡힌 군인, 아니, 소년병이 겁먹은 눈망울로 선우를 보면서 조심스럽게 고개를 끄떡였다.

선우는 소년병의 팔을 놓고 승합차 뒤쪽으로 걸어갔다.

"이리 와라. 먹을 걸 주마."

소년병은 반신반의하는 표정을 지으며 얼른 선우를 따라나서지 않았다.

척!

선우는 승합차 뒷문을 열고 빼곡하게 가득 실린 물건 중에서 먹을 거라고 생각되는 박스들을 손에 잡히는 대로 꺼내 땅에 내려놓았다.

선우의 그런 행동을 보고 소년병이 쭈뼛거리면서 다가왔다.

권보영은 아무 말 하지 않고 팔짱을 낀 채 선우가 하는 것을 지켜보았다.

선우는 내려놓은 박스 중에서 중국산 닭고기 통조림 박스를 열어 통조림 하나를 땄다.

까륵.

그는 소년병에게 통조림을 주었다.

"이거 먹어라."

기름이 동동 떠 있는 먹음직스러운 닭고기 통조림에서 구수한 냄새가 퍼졌다.

"안 되우다."

탁!

권보영이 선우가 소년병에게 주려는 통조림을 낚아챘다.

"너……."

선우가 인상을 쓰자 권보영은 통조림을 선우에게 내밀고는 다른 박스를 찾아냈다.

"이 아새끼들 꼴을 보니까 최소한 닷새 이상 굶은 거 같은데 기딴 괴기 먹으면 혼소바루(곧장) 설사한다. 똥물까지 좍좍 빼내곤 졸도한다 이 말임다."

"아……."

권보영은 한국산 XX파이 박스를 뜯어서 승합차를 돌아가 차 옆 바닥에 내려놓았다.

"이거 뭔지 알지? 날래 먹으라우."

한국산 XX파이는 북한에서도 유명하다.

남북한이 합작으로 운영하고 있는 개성공단에서 남한 측이 간식으로 나누어준 XX파이를 직공들이 먹지 않고 집에 가져가 유통시켰는데, XX파이 하나 가격이 처음에는 한화로 2~3만 원을 호가했다고 한다.

한화 2~3만 원이면 북한 교수 반년 치 월급에 해당한다.

그런 걸 이런 소년병들이 먹어봤을 리는 없지만 소문으로 귀가 따갑게 들어서 XX파이의 위대함을 잘 알고 있을 것이다.

소년병은 입에서 침을 흘리면서도 선우와 권보영의 눈치를 살폈다.

선우는 파이를 하나 까서 소년병에게 내밀면서 부드러운 미소를 지었다.

"괜찮다. 먹어라."

소년병이 파이를 받자 선우는 저만치에서 쭈뼛거리고 있는 군인, 아니, 소년병들을 손짓으로 불렀다.

"모두 이리 와서 이거 먹어라!"

선우가 큰 냄비에 계속해서 라면을 끓이는 동안 권보영을 밥을 했다.

열두 명의 소년병은 파이와 과자 부스러기를 허겁지겁 먹고 나서 선우가 끓인 라면을 미친 듯이 퍼먹었다.

라면을 처음 먹어보는 소년병들은 세상에 이렇게 맛있는 음식이 있느냐면서, 몇 명은 굵은 눈물을 뚝뚝 흘리기까지 하며 먹었다.

배가 부를 텐데도 소년병들은 권보영이 해준 밥까지 박박 바닥을 내고서야 산처럼 부푼 배를 쓸어안고 거친 숨을 씩씩 몰아쉬었다.

선우는 열두 명 소년병 모두에게 닭고기와 스팸, 고등어통조림, 그리고 파이와 라면을 두둑하게 나누어 주었다.

너무도 고마운 마음에 소년병들은 선우와 악수를 하거나 그의 품에 안겨서 눈물을 흘렸다.

선우는 소년병들이 시야에서 사라질 때까지 자리를 떠나지 않았다.

소년병들이 밥을 먹으면서 한 말이 선우의 귓전에 쟁쟁거리며 맴돌았다.

"집에 가고 싶습다. 어마이하고 가족들이 보고 싶어 내래 죽갔시오."

북한은 군 복무 기간이 남군은 13년, 여군은 9년이었는데 얼마 전부터 남군은 15년, 여군은 10년으로 연장됐다고 한다.

아까 본 15세 남짓한 소년병들은 실제 나이가 17~19세라고 했다. 너무 못 먹어서 자라지 않아 어리게 보인 것이다.

17세에 입대하여 15년을 복무하고 32세에 제대해 고향집에 돌아갈 수 있다니 기가 막힐 노릇이다.

북한 군부는 32세에 제대한 그들 손에 달랑 공산당 당원증 하나만 쥐어줄 뿐이다.

15년 군 복무의 결과물이 당원증이다. 예전 같으면 공산당에 입당하기 위해서 목숨을 내놓을 정도였지만, 지금은 공산당원이라는 것이 자랑스럽기보다는 오히려 올가미나 족쇄 역할을 하기 때문에 길거리에 버려도 개조차 물어가지 않는다고 한다.

권보영은 선우가 소년병들을 붙잡아 배불리 먹여 보낼 때까지 아무 말도 하지 않고서 입을 굳게 다물고 있었다.

*   *   *

아직 시간이 새벽 네 시밖에 되지 않아 선우는 조금 더 자기로 했다.

"잠이 오지 않슴다."

선우는 뒤척거리는 권보영에게 팔베개를 해주었다.

키가 커서 무릎을 굽히고 똑바로 누운 선우의 팔베개를 한 권보영은 선우를 보고 누워서 그의 가슴을 만지작거렸다.

"아까는 내가 잘못했슴다."

"뭐가?"

"나그네가 나를 때릴 수도 있는 거이지 그걸 갖고 토라져서 박차고 나갔다는 거이 앙까이가 할 도리가 아임다. 잘못했으니까니 용서하시라요."

"나는 벌써 다 잊었어."

"우리 나그네는 정말로 좋은 분임다. 당신 같은 사람을 만난 나는 행복한 에미나이임다."

"보영아."

"우리 나그네, 한 가지 흠이라는 거이 앙까이 이름을 부르는 거임다."

"여보."

"사랑한다. 당신을 위해서라면 목숨도 아깝지 않을 거임다."

"······."

"이렇게 사는 거이 사람의 진정한 행복 아니갔슴까? 나는 정말 복 받은 에미나이임다."

선우는 아무 말도 할 수가 없었다.

그는 지금 궁금한 것이 하나 있다.

만약 권보영이 진짜 권보영으로 살아온 지난 세월과 가짜 부부로 행세하면서 지내고 있는 지금을 둘 다 인지할 수 있다면 과연 어느 쪽이 행복하다고 말할 수 있을까. 그래도 여전히 지금이 행복하다고 생각할까.

그렇지만 불가능한 일이다. 최면을 풀면 권보영은 가짜 부부의 일을 까맣게 잊어버릴 것이다. 그러므로 둘을 비교하는 것은 불가능했다.

다만 한 가지를 유추할 수는 있다. 권보영이 진짜 권보영으로 살아가고 있을 때는 방금 말한 것처럼 '진정한 행복'을 느끼지는 않았을 거란 사실이다.

그 대신 성취욕이나 만족감 같은 것은 더러 느꼈을 것이다.

과연 성취욕, 만족감과 진정한 행복 중에서 더 높은 가치로 평가되는 것은 무엇일까.

"보영아."

"또……."

"여보."

"말씀하시라요."

"만약 당신이 다른 삶을 살고 있다면 어땠을까?"

"무시기 삶 말임까?"

"음, 예를 들면 북조선의 아주 높은 신분 같은 거 말이야."

"내가 북조선의 높은 신분이라는 말임까?"

"그래. 그런 삶을 살아도 행복하지 않을까?"

"거기에 나그네가 계심까?"

"나?"

"네."

"물론 나는 없지. 당신은 혼자 사는 여자야."

"길타면 나는 절대로 행복하지 않습다."

"어째서?"

"왜냐믄 내 행복이라는 거이 오로지 나그네 당신이 계셔야 한다 이 말임다. 당신이 내 곁에 계시면 행복하고 안 계시면 불행하다 그검다."

"……."

"나는 말임다, 우리 나그네밖에 모름다."

선우는 붉은 마녀 권보영의 깊은 속마음을 들여다본 것 같은 기분이 들었다.

그때 선우의 가슴을 쓰다듬던 권보영의 손이 스르르 아래로 미끄러져 내려갔다.

선우가 가만히 있자 그녀는 묘한 콧소리를 내며 꿈틀거렸다.

"흐응… 사랑함다… 나그네."

그녀의 행복은 섹스하고 밀접한 관계가 있는 것이 분명했다.

선우와 권보영은 아침에 회령시에 도착했지만 멈추지 않고 그대로 통과하여 무산으로 향했다.

권보영의 말로는 회령시에서 평양으로 가는 방법은 두 가지인데 하나는 남쪽 길을 선택해서 청진시로 내려갔다가 평양으로 가는 것이고, 또 하나는 서쪽으로 무산을 지나서 혜산시를 경유하여 거기에서 남하해 평양으로 가는 방법이다.

그런데 청진 쪽은 도로 사정이 좋지만 많이 돌아서 가야 하고, 무산 방향은 길은 험해도 평양까지 하루 정도 시간을 단축할 수 있다는 것이다.

무산읍은 두만강 접경 지역이다. 선우의 승합차는 도문교를 건너서 남양읍을 출발하여 회령시를 지나, 줄곧 두만강을 따라서 서쪽으로 달리고 있는 중이다.

선우는 회령시를 조금 지나 두만강 지류인 어느 개울가에서 아침 겸 점심 식사를 지어 먹고 다시 출발했다.

회령시 경계를 완전히 벗어나는 길에 검문소가 있는데 인민군 병사와 보안원(경찰) 세 명씩 여섯 명이 지키고 있다가 선우네 승합차를 세웠다.

선우와 권보영이 내민 신분증이 특별 통관증인데도 불구하고 병사들과 보안원들은 승합차 짐칸의 물건들을 다 내리게 할 것처럼 이런저런 시비를 걸었다.

"아, 이 종간나 새끼들이래."

권보영이 발작을 일으키려는 것을 선우가 가로막고 병사들과 보안원들에게 각각 고양이담배 한 보루씩을 주었더니 금세 얼굴이 환하게 피어 반색했다.

"아니, 뭐이 고양이담배를 두 막대기(보루)씩이나 주구서리… 뭐 이렇게까지……."

그것으로 무사통과다.

원래 중국인 상인들은 부자라서 시비를 걸면 뇌물을 바치는 것이 상식이 돼버렸다.

검문소 병사와 보안원들은 선우와 권보영이 중국인 상인이라서 무조건 시비를 걸면 뭔가 뇌물이 나올 거라고 예상한 것이다.

선우는 연길을 출발하기 전에 교육받은 대로 고양이담배를 뇌물로 내놓아 골치 아픈 일을 넘겼다.

원래 고양이담배는 영국제 '크레이븐A'라는 담배인데 담뱃
갑에 검은 고양이가 그려져 있어서 북한에서는 고양이담배로
통한다.

'크레이븐A' 담배는 중동 지역에서 유행하고 있는 것으로,
북한에서 중동 지역에 인력 수출을 많이 하고 그들이 귀국하
면서 '크레이븐A'를 갖고 들어와 유행시켰다고 한다.

이후 북한에서는 힘깨나 쓰고 권력층이다 싶으면 너나 할
것 없이 '크레이븐A' 담배를 피운다고 한다.

북한 내에서 '크레이븐A' 한 갑 가격이 1,500원 하는데 이게
노동자 한 달 월급하고 맞먹으니 얼마나 비싼지 짐작할 수가
있다.

승합차가 달리는 비포장도로 양쪽에 인민군 병사 수백 명
이 일렬로 길게 늘어서서 행군을 하고 있다.

"저거이 충성의 행군임다."

운전을 하는 권보영이 일러주었다.

"지도자 동지에게 목숨을 바쳐서 충성하겠다는 의미로 백
두산까지 걸어서 댕겨오는 겁다."

권보영은 중국 상인인 자신이 어째서 '충성의 행군' 같은 것
을 알고 있는지 이상하게 생각하지 않았다.

병사들은 하나같이 160㎝가 넘지 않고 비쩍 마른 체구에

10대 소년병들이었다.

각 소대 앞에 깃발을 든 기수가 있으며, 그 뒤로 지치고 힘든 기색이 역력한 소대원 병사들이 무거운 다리를 질질 끌면서 따르고 있다.

식량 배급이 원활하지 않아 하루에 한 끼 강냉이밥(옥수수로 만든 밥)과 한 가지 반찬인 무짠지조차도 배불리 먹이지 못하면서 망할 놈의 충성의 행군은 뭐란 말인가.

그저 가만히 앉아만 있어도 허기가 져서 뱃가죽이 등짝에 붙을 판국인데 저렇게 백두산까지 수백 킬로미터를 행군하면 배는 또 오죽 고프겠는가.

"여기에서 백두산까지 몇 킬로미터지?"

"왕복 350㎞ 정도 될 거임다. 다녀오는 데 보름은 걸리는데 도중에 죽는 병사도 부지기수임다."

"도대체 그걸 왜 해?"

어이가 없어 선우의 입에서 그런 새된 소리가 저절로 튀어나왔다.

"길게 말임다."

조수석에서 창밖을 내다보던 선우는 문득 저만치 앞쪽에서 한쪽 다리를 심하게 절뚝거리는 병사가 동료의 부축을 받으며 걸어가고 있는 모습을 발견했다.

다리를 다쳤는지 심하게 저는데도 행군을 하다니 가혹하다는 생각이 들 때 승합차가 그 병사 옆을 지나쳤다.

"차 세워!"

그 병사를 막 지나치면서 무심코 얼굴을 확인하던 선우가 갑자기 소리를 질렀다.

"어째 그럼매?"

철컥!

권보영이 묻는데도 선우는 대꾸하지 않고 벌컥 차 문을 열고 뛰어내렸다.

"이보기요, 나그네!"

그녀는 핸드브레이크를 당기고 급히 따라서 내렸다.

달리던 승합차가 갑자기 급정거를 하자 병사들이 일제히 이쪽을 쳐다보았다.

그러다가 절뚝거리는 병사가 선우를 발견하고는 낮은 탄성을 터뜨렸다.

"아!"

그 병사만이 아니고 주변에서 행군하던 10여 명이 다 선우를 보며 반가운 표정을 지었다.

다리를 저는 병사는 오늘 새벽에 산길에서 선우가 팔을 잡아 먹을 것을 준 최초의 소년병이었다.

"너, 다리를 다쳤니?"

그때는 잘 몰랐는데 지금 보니 다리를 심하게 절고 있다.

선우가 다가가서 묻자 소년병은 울먹거리더니 갑자기 왈칵 울음을 터뜨렸다.

"혀, 형님!"

한 번 봤을 뿐인데 소년병은 선우를 보자마자 '형님'이라고 외치며 울음을 터뜨렸다.

다리를 저는 소년병 주위에 있던 11명은 새벽에 선우와 권보영이 해준 라면과 밥을 배부르게 먹고 떠난 바로 그 소년병들이었다.

"형님!"

"형님!"

"너희들……."

선우도 마찬가지다. 강도였다가 된통 얻어터지고 나서 그저 한 끼 밥을 먹여 보낸, 단 두 번 우연히 만난 소년병들이건만 그들을 다시 보고 또 그들이 너도나도 목이 메어 형님이라고 부르면서 앞다투어 우는 모습을 보니 가슴이 저려 말을 잇지 못했다.

"뭐야? 왜들 기래?"

그때 뒤쪽에서 장교 한 명이 소리를 지르면서 다가왔다.

소년병 하나가 급히 말했다.

"형님, 우리는 모르는 사이임다."

그러더니 선우를 외면하고는 다들 아무 일도 없었다는 듯이 행군을 계속했다.

다가온 장교의 어깨 계급장을 보니 노란 바탕에 하얀 별 두 개가 달려 있다. 중위인데 소대장이다.

"당신 뭐요?"

선우는 으르딱딱거리면서 묻는 소대장에게 다리를 저는 소년병을 가리켰다.

"다리를 다친 병사가 있기에 걱정이 돼서 그러오."

"아, 기깟 다리를 좀 다친 거 갯고서리 뭐이가……."

소대장은 말하다가 권보영이 자신의 가슴에 불쑥 내민 걸 보고는 말을 흐렸다.

권보영이 언제 갖고 나왔는지 소대장에게 고양이담배 한 보루를 들이민 것이다.

소대장의 표정이 금세 풀어지더니 선우와 권보영을 번갈아 쳐다보았다.

"뭐이를 원하는 거요?"

"저 병사, 우리가 좀 태워주면 안 되겠소?"

소대장은 선우와 소년병을 번갈아 쳐다보면서 물었다.

"어디까지 태워줄 거요?"

"어디까지 가오? 가는 곳까지 태워주겠소."

"우린 백두산까지 가오."

권보영이 불쑥 말했다.

"삼지연까지 태워주갔어."

소대장은 권보영의 반말이 못마땅했지만 가슴에 안고 있는 고양이담배 한 보루의 위력은 대단했다.

소대장은 시원하게 고개를 끄떡였다.

"허락하갔소. 데리고 가기요. 저 아새끼래 삼지연역 앞에 내려주면 우리가 데리고 가갔소."

선우는 내친김에 조금 더 나갔다.

그는 얼른 뛰어가서 다리를 저는 소년병을 데리고 왔다.

이어서 재빨리 지갑을 꺼내면서 물었다.

"이 병사, 제대시킬 수 있겠소?"

지갑과 선우의 얼굴을 번갈아 쳐다보는 소대장의 얼굴에 탐욕이 일렁거린다.

"기, 기딴 건 나 혼자 결정 못 하오."

소년병은 얼굴이 하얗게 질려서 선우를 쳐다보았다.

소대장이 행군의 최고 지휘관인 중좌 대대장을 모셔왔다.

중국에서 생산된 지프차를 타고 흙먼지를 뿌옇게 일으키면서 달려온 중좌는 날카로운 눈빛으로 선우와 권보영의 위아래를 훑어보았다.

"당신네, 어디 가는 길이야?"

40살쯤 된 듯한 대대장은 소대장하고는 표정이나 말투가 전혀 달랐다. 그는 지프에서 내리지도 않은 채 죄인 대하듯이 선우에게 물었다.

선우는 문득 잘못 건드렸다는 생각이 들었다. 괜히 오지랖을 떨다가 스스로 무덤을 파는 것 같았다.

그때 권보영이 불쑥 말했다.

"평양 가우다."

대대장의 표정이 '요것 봐라?' 하는 식으로 변했다.

"평양? 거긴 어케 가는데?"

대한민국 서울하고는 달리 북한 평양은 아무나 못 가는 곳이다. 가고 싶다고 가는 곳이 아니었다.

북한 특권층인 평양 시민만이 평양에서 살 수가 있으며, 그들이라고 해도 평양 밖에 나가려면 당이 허가한 출입증이 있어야 한다.

선우는 장사를 하러 간다고 말하려 했는데 권보영이 불쑥 치고 나왔다.

"이보오, 대대장 동지. 평양의 차동희 동지 아오?"

대대장은 거만하게 권보영을 아래로 보았다.

"차동희가 누군지 내래 어케 알간?"

권보영은 휴대폰을 꺼내 번호를 누르며 말했다.

"인민무력부 대외협력국장 차동희 동지하고 직접 전화할 테니끼니 대대장 동지가 받아보기요."

"어······."

권보영이 휴대폰을 귀에 대는 모습을 보고 대대장이 소스라치게 놀라며 벌떡 일어섰다.

권보영이 말한 인민무력부 대외협력국장이라면 대대장이 쳐다보지도 못할 하늘 위의 하늘이다.

"이, 이보라우!"

"아, 차동희 동무요? 나 권보영이오. 잠깐 이 사람하고 통화해 보기요."

대대장은 권보영이 인민무력부 대외협력국장에게 '동무'라고 부르는 걸 듣고 혼비백산했다.

북한에서는 윗사람에게는 '동지'라 부르고 비슷하거나 아랫사람에겐 '동무'라고 한다.

그런데 권보영이 차동희를 '동무'라고 불렀으니 아랫사람이라는 뜻이 아닌가.

대대장이 놀라고 자시고 할 새도 없이 권보영이 휴대폰을 대대장에게 넘겼다.

*　　　　*　　　　*

"······."

대대장은 통나무처럼 뻣뻣해져서 아무 말도 못 하는데 휴대폰에서 걸쭉한 목소리가 흘러나왔다.

—이보시오! 거기 뉘기요?

대대장은 보이지 않는 상대에게 경례를 붙이면서 목에 핏대를 세웠다.

"넵! 저는 제6군단 3사단 야전사령부 예하 전술보병대 대장 염철진입다!"

저쪽에서 잠시 가만히 있더니 물었다.

—너 새끼래 정찰총국 35국 국장 동지하고 지금 뭐이 하고 있는 기야? 너 새끼, 국장 동지한테 터럭만 한 잘못이라도 하면 총살이야!

"……."

—날래 권보영 동지 바꾸라우! 간나새끼야!

"넵!"

북한 인민무력부는 대한민국의 국방부라고 생각하면 된다. 거기에서 대외협력국장의 신분이라면 대한민국 국방부 장관과 차관 바로 아래 네 명의 실장이 있는데 그 정도 신분과 비슷할 것이다.

대대장은 달달 떨리는 두 손으로 권보영에게 휴대폰을 내밀었다. 아니, 바쳤다.

선우는 권보영이 하는 행동을 가만히 지켜보았다. 자신이 권보영에게 최면을 걸었지만 그도 최면의 세계에 대해서 완벽하게 다 알고 있는 것은 아니다.

그가 보기에 권보영의 최면이 풀린 것은 아닌데 최면 상태에서 잠재적인 어떤 의식이 작용하는 것 같았다. 그렇지만 그것까지 선우가 개입하지는 못한다. 그것은 본능과 잠재라는 영역의 세계이기 때문이다.

최면은 정신에 개입하여 일정 시간 동안 방해하는 것이라서 근본에 해당하는 본능이나 잠재에는 능력이 미치지 못하는 것이다.

권보영이 휴대폰을 귀에 댔다.

"차동희 동무."

―권보영 동지, 남조선에 갔다가 붙잡혔다던데 어드러케 된 겁네까? 공화국에 들어오신 거요?

"내가 남조선에서 붙잡혀?"

―다들 그렇게 알고 있디요.

권보영의 얼굴이 흐려졌다. 무언가 생각을 떠올리려 하는 것 같은데 뜻대로 안 되는 모양이다.

"내래 조만간 평양에 갈 테니끼니 그리 알기요."

선우가 얼른 말했다.

"아무한테도 말하지 말라고 해."

권보영의 동공이 흔들리더니 진지한 목소리로 당부했다.

"내래 공화국에 들어온 거이 아무한테도 말하지 말기요. 잘 알갔소?"

─알겠습네다.

권보영이 전화를 끊었다.

선우는 권보영의 언행을 보고 그녀의 최면이 풀린 것이 아닌가 하는 생각이 들었다.

그때 권보영이 선우를 쳐다보았다.

선우는 이때다 싶은 생각에 그녀의 눈동자를 마주 쳐다보면서 다시 최면을 걸었다.

"아……."

권보영의 표정이 다시 원래대로 온순해졌다.

선우는 손을 까딱거려서 대대장을 불렀다.

"이리 오시오."

대대장은 줄에 묶인 것처럼 차에서 내려 선우와 권보영의 앞으로 다가와 부동자세를 취했다.

선우는 권보영이 뭐라고 하기 전에 먼저 말했다.

"이 아이, 제대시켜 주시오."

대대장은 선우가 어깨에 손을 올리고 있는 소년병을 보더니 고개를 끄떡였다.

"알갔슴다."

권보영이 또 불쑥 말했다.

"제대증하고 당원증, 애 고향집으로 보내라우."

선우는 그녀를 힐끗 쳐다보았다. 다시 최면을 걸었는데도 그녀가 대대장을 대하는 태도는 사뭇 고압적이다. 그런 걸 보면 그녀의 심중에 두 가지 생각이 있는 것 같았다. 선우의 아내라는 것과 북한 정찰총국 35국장이라는 신분이다.

"그러갔습다."

"길고 임시제대증 지금 당장 만들라우."

"알갔습다."

선우는 지갑에서 100위안짜리를 꺼내려다가 대대장을 쳐다보며 물었다.

"애들 제대시키려면 돈이 좀 들 텐데 런민비(위안화)하고 달러하고 어느 게 좋소?"

소년병들 제대시키는 데 돈이 들 이유가 없다. 대대장이 그저 서류 몇 장만 끄적거리면 될 일이다. 선우는 뇌물을 주겠다는 말을 에둘러서 한 것이다.

대대장의 얼굴에 두려움과 탐욕이 교차했다.

"다, 달러가 좋습다."

선우는 100달러짜리 다섯 장을 대대장에게 주었다.

사실 대대장은 권보영이 정찰총국 35국장이라는 사실을 알았기 때문에 구태여 돈까지 줄 필요는 없었다.

하지만 사람이라는 게 그게 아니다. 돈을 받은 것과 그렇지 않은 것은 큰 차이가 있는 법이다. 돈을 받으면 일을 더 잘 확실하게 처리할 것이다.

권보영은 선우가 대대장에게 5백 달러를 주는 것을 지켜보기만 했다.

그녀는 대대장에게 돈을 주는 것이 못마땅하지만 선우가 하는 일을 감히 말리지 못하는 것 같았다.

5백 달러를 받은 대대장은 입이 찢어져서 귀에 걸리더니 얼른 돈을 주머니에 넣었다.

인민군 대대장으로서는 5백 달러라는 어마어마한 거액을 만져볼 기회가 평생 살아도 절대로 없다.

5백 달러면 현재 시세 위안화로 3,278위안이고, 그 정도면 중국인 평균 한 달치 월급에 해당한다.

대대장 월급이 1,500원이고 장마당에서 위안화로 바꾸면 겨우 3위안도 안 된다는 사실을 감안하면 5백 달러가 얼마나 어마어마한 거액인지 짐작할 수 있다.

북한에서는 인민폐가 휴지 조각이 된 지 오래다. 장마당에서는 80%가 위안화를 사용하고 10%는 달러, 북한 인민폐는 겨우 10%만 사용하는데 그나마도 찬밥 신세다.

얼마 전에 단행한 화폐개혁 이후 북한 인민폐는 개도 물어가지 않는다.

달러는 최고 대우를 받지만 귀해서 잘 유통되지 않는다.

"더 필요하신 거이 없슴까? 뭐이든 말씀하시라요."

선우는 소년병을 쳐다보았다.

소년병이 쭈뼛거리는 걸 보고 선우가 부드럽게 다독였다.

"괜찮으니까 할 말 있으면 말해봐라."

소년병은 용기를 내서 행군 쪽을 가리켰다.

"양주철하고 함상호는 제 고향 친구임다. 걔들하고 같이 가고 싶슴다."

그렇게 말하고는 눈치를 살폈다. 자신을 제대시켜 주는 것만도 감지덕지한데 친구들까지 제대를 시켜달라고 하는 것이 염치가 없다는 표정이다.

그렇지만 코흘리개 시절부터 같은 마을에서 성장한 죽마고우들을 두고 혼자 고향에 돌아가는 것에 마음이 아픈 것이다.

선우가 뭐라고 하기도 전에 대대장이 재빨리 소대장에게 명령했다.

"뭘 보고 있니? 들었으면 날래 실행하라우!"

소대장은 쏜살같이 달려갔다가 소년병 둘을 데리고 와서 헐떡거렸다.

선우는 대대장이 보지 않을 때 100달러 한 장을 꺼내서 소대장 손에 쥐여주었다.

다리를 저는 소년병 이름은 김형선이고, 다른 두 명의 고향 친구는 양주철과 함상호다.

세 소년병의 고향은 혜산시라고 했으며, 선우가 가고 있는 방향에 혜산시가 있다.

선우는 권보영에게 운전을 시키고 조수석에 소년병 하나를 앉히고는 뒷자리에서 김형선의 다리를 자세히 살펴보았다.

바지를 벗기자 검정색 광목으로 만든 반바지 같은 팬티가 드러났는데 얼마나 오랫동안 빨지 않고 입었는지 썩는 냄새가 진동했다.

그러나 선우는 그보다도 붕대를 칭칭 감은 김형선의 왼쪽 정강이에 시선이 먼저 갔다.

때와 피고름이 엉겨서 본래의 색을 잃은 붕대를 푸느라 선우는 애를 먹었고, 김형선은 아프다고 비명을 질러댔다. 붕대가 상처에 눌어붙어 버렸기 때문이다.

붕대를 풀자 달걀 크기의 상처가 드러났고, 그 부위가 썩었는지 시커멓게 변색됐으며 시커먼 진물이 줄줄 흘렀다.

"어떻게 된 거냐?"

"으으, 한 달 전에 국경수비대 철망 공사 노력 동원 나갔다가 못에 깊이 찔렸는데 그거이 썩은 검다."

"치료하지 않았니?"

"말도 마시라요. 부대에는 약이 없습다. 기래서 회령시 의무소에 갔었는데 거기도 약이 없고 의사가 장마당에 나가서 약을 사 갖고 오라는데 돈이 없어서리……."

선우는 기가 막혀서 말이 나오지 않았다.

못에 찔린 상처라면 소독을 잘 하고 연고를 바른 후에 파상풍 주사를 한 대 맞는 정도로 나을 수 있다.

그런데 이놈의 북한 부대에는 그깟 약도 없고 대한민국 보건소에 해당하는 소위 시의 의무소라는 곳에도 약이 없어서, 병사더러 장마당에 가서 제 돈 주고 약을 사오면 치료를 해준다는 것이다.

사실 북한 의무소뿐만이 아니라 어떤 병원이라도 약품이나 의료 용품이 전무한 실정이다.

그래서 환자에게 고양이 뿔 빼놓고는 뭐든지 다 구비되어 있다는 장마당에 가 약과 의료 용품을 사오라고 해서 치료를 해주는 것이다.

하다못해 주사기하고 봉합용 실 같은 것도 장마당에서 사와야 한다.

그것은 아무리 중요하고 위중한 수술이라고 해도 마찬가지다. 말하자면 북한 병원은 의술만 제공하는 곳이다.

선우는 뒷자리 어딘가에 둔 비상용 약상자를 찾아보았다.

"약 찾습까?"

"그래."

권보영이 운전하다가 묻더니 차를 세우고 뒷문을 열어 곧

약상자를 찾아냈다.

"내가 하갔습다."

권보영은 능숙한 솜씨로 김형선의 정강이 상처에서 고름을 긁어냈다.

시커먼 딱지를 걷어내니 그 안에서 검붉은 고름이 샘물처럼 꾸역꾸역 끝없이 쏟아져 나왔다.

그런데 더 놀라운 것은 고름 속에 무언가 살아 있는 것들이 꾸물꾸물 움직이고 있었다.

선우가 핀셋으로 뒤적이니 권보영이 아무렇지도 않은 듯 설명했다.

"구더기입다. 보지 말기요."

피고름 속에서 여러 마리의 구더기가 꿈틀거리는 것을 본 선우는 얼굴을 찌푸렸다.

못에 찔린 상처를 제때 치료하지 못해 썩어서 구더기가 생길 정도라니 기가 막혔다.

김형선은 상처를 긁어내는 도중에 아프다고 비명을 지르다가 기절해 버렸다.

그렇지만 권보영은 그가 기절하거나 말거나 제 할 일을 마치고는 운전석으로 돌아갔다.

선우는 다음에 들른 무산읍 장마당에서 항생제 주사액과

주사기, 연고, 붕대 등을 충분히 사서 무산읍 의무소에 들러 김형선을 치료했다.

김형선의 친구들이 의사에게 치료 방법을 자세히 듣고는 다음부터는 자신들이 김형선을 치료하겠다고 말했다.

선우 일행은 대홍단과 백두산 바로 아래 삼지연을 지나서 이틀 만에 혜산시에 도착했다.

무산에서 혜산시까지 직선거리는 160㎞ 남짓이지만 험준하고 꼬불꼬불한 산길, 그것도 70% 이상 비포장도로를 350㎞쯤 달려서야 혜산에 도착했다.

이틀 동안 승합차를 타고 가면서 때때로 밥을 해 먹고 잠을 자며 선우와 세 명의 소년병은 많이 친해졌다.

선우는 소년병들의 집안 사정에 대해서도 잘 알게 되었다.

소년병들은 군대에 입대한 지 3년 정도 됐는데 그사이에 집에 한 번도 가지 못했다고 한다.

그동안 휴가를 갈 기회가 한 번 있긴 했는데 일부러 가지 않았다는 것이다.

휴가를 가면 귀대할 때 중대장과 소대장에게 바칠 선물과 소대원들이 먹을 식량을 갖고 와야 하는 것이 상식처럼 굳어져 있는 게 북한 군대이다.

그래서 이들은 고향집 가족들이 자신들 먹을 것조차 없다는 사실을 뻔히 잘 알고 있기 때문에, 귀대할 때 갖고 와야 하는 선물과 식량을 준비할 엄두가 나지 않아 스스로 휴가를 반납했다는 것이다.

이들처럼 휴가를 반납하는 병사들이 거의 대부분이라서 15년 군 복무 중에 고향집에 한 번도 가지 못한 병사들이 부지기수라고 한다.

말하자면 고향집에서는 열일곱 살 앳된 아들을 군대에 보냈다가 15년 후 서른두 살의 장성한 아들을 맞이하게 되는 것이다.

혜산시 초입의 개울가에서 선우는 마지막 밥을 지어 먹은 후 소년병들을 앞에 두고 말을 꺼냈다.

"너희들, 잘 들어라."

세 명의 소년병은 선우 앞에 앉아서 인스턴트 커피를 마시며 그의 말을 들었다.

"너희들, 가족 데리고 남조선에 가지 않겠니?"

"……."

선우는 여기까지 오는 이틀 동안 소년병들과 많은 대화를 주고받으면서 북한 바깥세상에 대해서, 그중에서도 대한민국에 대한 실상을 많이 얘기해 주었다.

소년병들은 처음에는 매우 놀랐으나 선우가 휴대폰으로 대한민국의 동영상을 띄워 이것저것 보여주자 대한민국에 대해 매우 호기심을 갖게 되었다.

"여기 공화국은 지옥이다. 너희들은 남조선에 가서 대학에 진학하여 훌륭한 사람이 되도록 해라. 그게 내 바람이다."

소년병들은 두려워하면서도 기대 어린 표정을 지었다.

"강요하지 않겠다. 선택은 자유다."

다리를 다친 김형선이 조심스럽게 말했다.

"사실 우리는 말임다, 남조선이 대한민국이고 우리 공화국은 물론이고 중국보다 훨씬 발전됐고 잘산다는 거이 잘 알고 있슴다."

"그래?"

"우린 군대 들어오기 전에 남조선 연속극(드라마)하고 영화도 장마당에서 알판(CD) 구해서리 마이 봤슴다. 길고 제가 좋아하는 남조선 여배우 있슴다."

"그게 누구냐?"

김형선이 수줍게 말했다.

"안소희임다. 형님, 안소희 아심까?"

"어……."

안소희는 선우의 부인이나 다름없는데 그녀를 아느냐고 묻다니 선우는 어이없다는 표정으로 대답을 하지 못했다.

친구 양주철이 손을 저으며 강경하게 말했다.

"앙이다. 안소희보다는 베누스라는 여자 가수들 그루빠의

미아가 백 배 낫다. 내래 미아 한번 보고 죽으면 원이 없갔어."

함상호도 가만있지 못했다.

"쓸데없는 소리 마라. 샤론이야말로 인형 같다. 이 세상 어떤 여자도 샤론보다 예쁘지 않지비."

세 명의 소년병은 선우를 바라보면서 그녀들 중에 누가 제일 예쁜지 결론을 내려달라는 표정을 지었다.

공교롭게도 소년병들이 최고의 미녀라고 꼽은 여자들이 모두 선우의 여자이다.

선우 자신도 그녀들 중에서 누가 제일 예쁜지 판가름하지 못하기 때문에 입을 꾹 다물었다.

"너희들, 대한민국에 가면 그녀들 만나게 해주겠다."

소년병들의 눈이 휘둥그레졌다.

"그기 정말임까?"

"같이 밥을 먹게 해주마."

소년병들은 난리가 났다.

"아, 안소희하고 미아… 샤론 모두 말임까?"

"그래."

"길케만 된다믄 죽어도 원이 없슴다."

*　　　　　*　　　　　*

선우는 혜산시에서 세 명의 소년병을 집으로 보내고 나서 혜산 시내 혜산청년역 근처에 있는 식당으로 들어갔다.

'장백객잔'이라는 이 식당은 중국 화교가 운영하고 있으며 혜산시에서 제일 규모가 크고 비싼 곳이다.

장백객잔은 실제로 정필의 부하가 운영하는 곳이다. 장백 객잔 주인은 원래 연길에 살던 중국인이며 혜산시에 중국 식당을 개업하여 정필이 마련한 비밀 접선 장소, 혹은 연락처로 사용되고 있었다.

선우는 자리에 앉아서 주문하며 주인을 만나고 싶다고 점원에게 넌지시 말하고는 5위안을 팁으로 쥐어주었다.

그러자 점원이 공손한 태도로 무엇 때문에 그러느냐고 물었다.

"중국에서 좋은 물건을 갖고 왔는데 주인에게 구경시켜 드리고 싶소."

사실 그건 정필이 보낸 사람이라는 암호다.

기다리는 동안 선우는 식당 내부를 둘러보았다. 테이블이 30석쯤 되고 중앙에는 홀과 무대까지 있으며 이 층으로 이어진 계단도 있었다.

잠시 후 조금 전의 점원이 와서 선우와 권보영을 이 층 룸으로 안내했다.

그리고 3분쯤 후에 문이 열리더니 50대 초반의 깨끗한 화복을 입은 중년인이 들어섰다.

그는 일어서고 있는 선우에게 다가오며 매우 공손한 태도를 취했다.

"혹시 선우 씨입니까?"

"그렇습니다."

중년인은 공손히 허리를 굽혔다.

"저는 카오싱(高興)이라고 합니다. 터터우 덕분에 살아가는 사람입니다. 터터우께서 혹시 선우 씨가 이곳으로 올지도 모른다고 연락을 하셨습니다."

선우는 카오싱의 손을 잡았다.

"그렇습니까? 잘 부탁합니다."

선우는 카오싱을 자리에 앉히고 세 명의 소년병을 탈북시키고 싶다는 말을 했다.

"그렇습니까? 몇 명이나 됩니까?"

카오싱은 소년병들과 가족들을 탈북시키는 일이 대수롭지 않다는 듯 물었다.

"아직은 모릅니다. 그 아이들이 집에 갔다가 이곳으로 와야 알 수 있습니다."

선우는 갈 길이 바쁘지만 소년병들을 만나지 않고 그냥 갈 수가 없어서 마냥 기다리고 있는 중이다.

아마 소년병들이 가족들을 설득하느라 늦어지는 것 같았다.

척!

장백객잔 주인 카오싱이 들어왔다.

"이걸 좀 보시겠습니까?"

카오싱은 선우 앞에 앉아서 종이 한 장을 내밀었다.

거기에는 몇 사람 이름과 나이 생년월일, 그리고 주소가 적혀 있었다.

선우는 종이 위쪽에 김형선과 함상호라는 소년병 이름이 적혀 있는 것을 보고 대뜸 뭔가 짐작 가는 것이 있다.

"혹시 이 사람들, 탈북했습니까?"

"그렇습니다. 지금 터터우께서 운영하시는 연길의 공장에서 일하고 있는데 조만간 한국으로 갈 계획이랍니다."

카오싱은 유창한 한국어로 설명했다. 아까 그는 자신이 한국에도 몇 번 다녀온 적이 있다고 말했다.

다리를 다친 소년병 김형선과 친구 함상호의 가족들은 현재 연길에 있기 때문에 김형선과 함상호가 집에 돌아온 것을 모르고 있다.

그러니까 김형선과 함상호는 텅 빈집에서 가족들을 찾느라 시간을 보내고 있는 것 같았다.

세 명의 소년병이 미리 약속 장소로 알려준 장백객잔에 온 시간은 날이 어두워진 7시 30분경이다.

선우가 예상한 대로 김형선과 함상호는 잔뜩 풀죽은 모습이고 친구인 양주철은 착잡한 표정이었다.

그런데 양주철은 자신의 모친과 함께 왔다. 허름한 옷차림에 너덜거리는 바지를 입은 그의 모친은 60세가 훨씬 더 되어 보이는데 양주철 말로는 올해 43세라고 한다. 먹지 못하고 고생을 해서 겉늙었다는 것이다.

소년병 세 명과 양주철의 모친은 장백객잔처럼 크고 으리으리한 곳에 처음 와봤다면서 좌불안석 어쩔 줄을 몰랐다.

양주철이 두 친구의 눈치를 보면서 선우에게 말했다.

"우리 어마이는 탈북만 시켜주면 어디라도 가겠담다."

앉아 있던 양주철 모친은 벌떡 일어나서 선우에게 꾸벅 인사를 했다.

"우리 아들 주철이를 크게 도와주셨는데 이렇게 또 우리를 도와주시갔다니 내래 염치가 없슴다."

선우는 괜찮다고 양주철 모친을 위로한 후 물었다.

"가족은 어머니뿐이니?"

"아임다. 아바이하고 남동생, 여동생이 있었는데 아바이하고 남동생은 3년 전에 굶어서 죽었다고 함다, 크윽!"

그렇게 말하면서 양주철은 거친 손등으로 눈물을 닦았다.

양주철 모친은 눈물도 메말랐는지 무덤덤한 얼굴로 말했다.

"장례 치를 돈이 없어서리 뒷산에다가 나그네하고 작은아들 시체를 거적에 둘둘 말아서 같이 묻었습다."

선우는 한숨을 길게 내쉬고는 아까 카오싱이 준 종이를 김형선과 함상호에게 내밀었다.

"이걸 봐라. 너희 가족이니?"

김형선과 함상호는 종이에 적힌 내용을 살피더니 크게 놀라는 표정을 지었다.

"이거이 무시기임까?"

"우리 가족 이름이 어째 여기에 적혔습까?"

선우는 부드럽게 미소 지으며 설명했다.

"너희 가족 모두 중국 연길에 있다고 한다."

"그거이 정말임까?"

"아아, 우린 가족이 모두 죽었는지 알았다는 말임다!"

"내가 잘 아는 분이 너희 가족을 보호하고 있다니까 안심해도 좋다."

그제야 김형선과 양주철은 십년감수한 표정으로 목 놓아 펑펑 울었다.

그때 때맞춰서 카오싱이 문을 열고 들어왔으며, 그 뒤로 점원들이 근사한 중국요리를 줄줄이 갖고 들어와 테이블에 늘어놓았다.

"이제부터 어떻게 할 것인지 먹으면서 의논합시다."

소년병들과 양주철의 모친은 난생처음 보는 중국요리와 향긋한 냄새에 취한 듯한 표정을 지었다.

점원들이 나간 후 선우가 카오싱에게 말했다.

"이들을 잘 부탁합니다."

"염려 마십시오. 최대한 빨리, 그리고 안전하게 연길로 보내겠습니다."

식사를 하다 말고 김형선이 선우를 보면서 머뭇거리다가 조심스럽게 말했다.

"남조선에 가면 정말 안소희하고 밥 먹을 수 있는 겁까?"

*   *   *

사흘 후, 선우와 권보영이 탄 승합차는 평양 북쪽 입구인 룡성이라는 곳에 도착했다.

평양 중심부까지 10킬로미터밖에 되지 않는 이곳에서 선우는 발길이 묶였다.

평양으로 들어가는 철도역과 도로는 북한 내에서 검문이 가장 삼엄한 곳이다.

이 검문소에서도 평소에는 출입증만 검사한다. 평양 시민과 평양 출입증을 지닌 사람은 통과시킨다.

그렇지만 옷차림이 남루하거나 장애인, 언행이 온전하지 못한 사람은 평양 출입증이 있더라도 출입이 제한된다. 이유는 간단하다. 그들이 평양시의 미관을 해치기 때문이다.

그런데 오늘 같은 날은 검문이 열 배 이상 까다롭다. 내일 오전 9시에 평양 능라종합운동장에서 평양국제마라톤대회가 열리기 때문이다.

많은 외국인이 평양에 왔으며 수백 명의 외국 선수가 평양 시내를 달릴 것이기에, 공화국의 수도인 평양의 품격을 떨어뜨릴 수 있는 외모의 소유자들은 아예 평양 외곽의 입구에서부터 원천 봉쇄 하려는 것이다.

선우와 권보영은 외모로도 결격 사유가 없으며 장애인도 아닌 데다 특별 통관증과 평양 출입증을 지니고 있어서 아무런 문제가 없지만 전혀 다른 문제 때문에 한 시간째 통과하지 못하고 있는 중이었다.

평양으로 들어가려고 검문을 기다리고 있는 사람들의 줄이 너무 길었다. 자그마치 200m에 달했고, 사람 수는 500~600명이나 됐다.

검문을 너무 치밀하게 하면서 짐까지 수색하니 5분에 한 명꼴로 통과했으며, 검문을 하는 보위부 병사나 보안원들은 전혀 바쁠 게 없다는 듯 느긋하게 행동했다.

모여드는 사람이 5분에 20~30명인 걸 생각하면 오늘 안에 평양에 들어갈 수 있는 사람은 하늘에서 별 따기다.

그나마도 열 명 검문하면 절반 이상 탈락하는 수준이라서 탈락자들이 검문소 옆에서 계속 항의하고 있었다.

선우와 권보영은 승합차를 도로에 세워놓고 줄에 서 있는데 두 사람 앞에는 적어도 300명 정도가 있다.

선우는 도저히 오늘 중으로 평양에 들어가지 못할 것 같아서 초조한데 권보영은 느긋하기만 했다.

선우가 보기에 권보영은 여느 아낙네하고 다를 게 없었다. 그저 선우하고 같이 있으니 마냥 좋아서 평양에 들어가는 것에는 관심도 없었다.

회령에서 소년병들을 제대시키려고 충성의 행군 중인 대대장에게 서릿발처럼 떵떵거리던 권보영의 모습은 어디에서도 찾아보기 어려웠다.

선우가 지금 상황에서 남들보다 먼저 검문을 통과할 수 있는 방법은 없었다.

있다면 권보영이 기적의 능력을 발휘하는 것뿐이다. 일테면 그녀가 '동무'라고 부르는 인민무력부 대외협력국장의 도움을 받는 일 같은 것이다.

"여보."

선우는 이제 권보영을 '여보'라고 부르는 게 자연스러워졌다. 그녀가 그렇게 부르는 것을 좋아하기 때문이다.

여긴 북한 한복판이다. 북한에 들어와서 권보영의 역할이 새삼 중요해졌지만 지금은 그녀의 역할이 훨씬 더 필요한 시기이다. 그러므로 여기에선 그녀를 의지할 수밖에 없었다.

"왜요?"

권보영은 기다리는 게 지루하지도 않은지 생글생글 웃으면서 선우를 바라보았다.

"차동희한테 전화해 보지?"

"그기 누굼까?"

그런데 권보영은 생판 처음 듣는 이름인 것처럼 반응했다.

"인민무력부 대외협력국장 차동희 몰라?"

"모릅다. 처음 듣습다."

"그래?"

선우는 묻는 것을 그만두었다. 현재의 권보영은 차동희를 모르고 있는 것이 분명했다.

조금 전부터 300m 이상 길어진 줄에 변화가 생겼다. 검문하는 보위부 병사들이 평양 시민증을 지니고 있는 사람들은 또 하나의 새로운 줄을 만들라고 외쳤기 때문이다.

그러자 원래의 줄에서 20% 정도의 사람들이 빠져나가 한쪽에 또 하나의 줄을 만들었다.

평양 시민 줄에 선 사람들은 누가 보더라도 이쪽 줄에 선

사람하고는 확연하게 비교되는 깨끗하고 고급스러운 옷차림을 하고 있었다.

또 하나의 줄인 평양 시민 줄이 쑥쑥 줄어들었다. 이쪽 줄의 사람들은 부러운 표정으로 줄어드는 평양 사람들의 줄을 바라볼 뿐이다.

"여기서 기다려."

선우는 권보영에게 말하고 검문소를 향해 큰 걸음으로 빠르게 걸어갔다.

"이보오, 나그네."

권보영이 급히 불렀지만 선우는 뒤돌아보면서 괜찮다고 손을 들며 웃어 보였다.

선우는 검문소를 지키는 보위부 병사에게 특별 통관증을 보여줄 생각이다.

다른 사람들은 그냥 평양 출입증이지만 선우는 특별 통관증이 하나 더 있으니 평양 시민들처럼 별도로 통과시켜 줄 수 있지 않을까 하고 생각했다.

만약 그게 안 되면 돈으로 뇌물을 먹일 생각이다. 북한에서는 돈으로 안 되는 게 없다고 했다.

보위부 병사 한 명이 빠른 걸음으로 다가오는 선우 쪽으로 오며 으르딱딱거렸다.

"동무, 뭐이야?"

선우는 걸어가면서 특별 통관증을 꺼내 앞으로 내밀었다.

"우린 특별 통관증이 있습니다."

병사는 특별 통관증을 힐끗 보더니 딱딱거렸다.

"가서 줄 서기요."

선우는 평양 출입증까지 보여주었다. 두 개를 보여주면 더 효력이 있을 것 같아서이다.

병사는 선우가 서 있던 줄을 가리켰다.

"가서 줄……"

선우는 재빨리 100달러 한 장을 꺼내 보이지 않게 접어서 내밀었다.

"이거이 뭬야?"

선우는 다른 검문소의 병사나 보안원들이 그랬듯이 이 병사도 일부러 튕기는 거라고 생각했다.

"동무, 지금 나한테 뇌물 주는 기야?"

선우가 어떻게 할 새도 없이 병사가 허리에서 재빨리 권총을 뽑아 겨누었다.

"이 간나새끼, 꼼짝 말라우!"

선우가 힐끗 보니 권보영이 이쪽을 향해 곧장 전력으로 질주해 달려오고 있다.

그런데 선우에게 권총을 겨눈 병사는 권보영을 발견하지 못한 채 선우를 검문소 쪽으로 끌고 가려 했다.

"날래 가라우, 반동 새끼야!"

선우는 근처까지 달려온 권보영이 그대로 병사에게 돌진하려는 것을 보고 급히 외쳤다.

"하지 마, 보영아!"

병사는 권보영 쪽을 쳐다보다가 소스라치게 놀랐다.

"흐익!"

권보영의 발등이 허공을 가로질러 병사의 얼굴을 향해 날아오고 있었기 때문이다.

그러나 권보영의 발등은 병사의 얼굴 한 뼘 앞에서 딱 멈추는가 싶더니 발뒤꿈치로 아래를 내리찍어 쥐고 있는 권총을 떨어뜨렸다.

탁!

"윽!"

병사는 손을 움켜쥐고는 급히 도로에 떨어진 권총을 주우려고 했으나 권보영이 발로 권총을 멀리 차버렸다.

선우는 순간적으로 권보영이 권총을 집으면 다른 병사와 보안원들의 집중 사격을 받을지 모른다고 생각했으나 그녀가 권총을 차버리자 안도의 한숨을 내쉬었다.

그때 검문을 하던 병사와 보안원들이 뭐라고 외치자 검문소 안에서 대여섯 명의 병사와 보안원이 쏟아져 나와 이쪽으로 몰려오며 소총과 권총을 겨누었다.

선우는 일이 커지는 것 같아서 긴장했으나 한편으로는 권보영이 어떤 행동을 할지 주목했다.

지금 권보영의 표정은 사흘 전 회령에서 행군 중인 대대장을 대하던 당당한 모습과 흡사했다.

선우가 위기에 처한 것을 보는 순간 권보영의 잠재된 또 하나의 성격이 튀어나온 것이다.

권보영은 두 발을 약간 넓게 벌리고 우뚝 서서 병사와 보안원들이 달려오는 것을 지켜보았다. 그녀의 얼굴에는 두려움 따윈 눈곱만큼도 없었다.

*　　　　　*　　　　　*

병사와 보안원 10여 명이 선우와 권보영을 포위한 채 총을 겨누었고, 그중 지휘관으로 보이는 중위가 권총을 겨눈 채 날카롭게 외쳤다.

"쏴버리기 전에 무릎 꿇으라우!"

선우는 슬쩍 권보영을 쳐다보았다.

권보영은 태연하게 팔짱을 끼더니 중위에게 턱을 약간 치켜들면서 말했다.

"너 보위부 평양여단 소속이니?"

"……"

"나 모르갔니?"

"……."

"이 새끼래 보위부에 있으면서 날 모른다는 말이야?"

중위는 꿀 먹은 벙어리가 됐다.

"너희 부대장 뉘기야? 최창식이야?"

중위는 보위부 평양여단 여단장 이름을 동네 어린아이 이름 부르듯이 함부로 내뱉는 권보영에게 기가 질렸다.

보위부는 예하에 제1국에서 8국까지 있으며 1국은 수도 평양을, 3국은 북한 국내를 맡고 있다.

권보영이 방금 말한 평양여단은 1국 예하 세 개의 여단 중하나이다.

중위는 엉거주춤한 자세로 공손하게 입을 열었다.

"실례지만 누구십니까?"

권보영은 대답하지 않고 휴대폰을 꺼내서 생각할 것도 없이 번호를 눌렀다.

중위와 병사, 보안원들은 숨을 죽인 채 권보영을 지켜보았다.

그때 권보영이 카랑카랑한 목소리로 말했다.

"최창식 동무요?"

—…….

"내래 누군지 모르갔소?"

—아, 권보영 국장 동지!

"내래 여기 룡성 검문소에 붙잡혀 있는데 동무가 여기 소대장한테 말 좀 해줘야갔소."

권보영은 말없이 중위에게 휴대폰을 휙 던졌다.

중위는 휴대폰을 받기 위해 급히 권총을 내던졌다.

보위부 평양여단장 최창식과 통화를 하는 중위는 다리를 부들부들 떨었다.

"넵! 네… 넵! 넵!"

중위는 '넵' 소리만 몇 번 반복하더니 휴대폰을 두 손으로 공손히 권보영에게 내밀었다.

중위는 권보영이 누군지 비로소 알게 되었다. 한때 보위부의 전설로 불리던 '붉은 마녀'가 바로 눈앞에 서 있는 것이다.

권보영은 휴대폰에 대고 차분하게 말했다.

"고맙소, 최창식 동무. 그리고 말이오, 이따 저녁에 전화할테니끼니 기다리기요. 나 평양 온 거이 발설하지 마시오."

선우는 나서지 않고 권보영이 하는 대로 지켜보기만 했다.

권보영은 그 말만 하고 휴대폰을 꺼서 주머니에 넣었다.

선우는 그녀의 최면이 풀렸으면 다시 걸어야겠다는 생각으로 준비했다.

이런 위급한 상황이 발생하면 권보영은 최면이 풀려서 원래의 권보영으로 돌아가는 것 같았다.

다만 최면이 완전히 풀리지 않고 몽롱한 상태가 한동안 지속된다는 점이 선우로선 다행이었다.

그때 권보영이 선우를 쳐다보았다.

"나그네, 날래 가기요."

"……."

그녀는 선우를 보면서 아까 보여준 순박하기까지 한 상큼한 미소를 지어 보였다.

뜻밖에도 권보영의 최면이 풀리지 않았다.

중위가 다가와서 굽실거렸다.

"국장 동지, 오데까지 가십니까? 우리가 모시겠습니다."

권보영은 냉랭하게 손을 내저었다.

"일없다. 비키라우."

그리고는 선우의 손을 잡고 승합차로 향했다.

"무섭디 않았슴까?"

"아… 괜찮아."

선우는 매우 중요한 사실을 깨달았다. 권보영은 최면이 풀리지 않은 상태에서 예전의 권보영과 지금의 권보영이 혼재(混在)하고 있었다.

제37장
평양의 밤

　권보영은 승합차를 몰고 전혀 막힘없이 평양 시내를 이리저리 달렸다.

　선우는 정필의 집에서 북한과 평양 시내 지리를 머릿속에 입력했기 때문에 권보영이 어디로 해서 어딜 지나고 있는지 알 수 있었다.

　"어디로 가는 거지?"

　선우의 물음에 권보영은 그를 보면서 사랑스러운 미소를 지어 보였다.

　"창광 거리에 있는 내 아파트에 감다."

선우는 이쯤에서 분명하게 해두어야 할 게 있다고 생각했다.

"보영인 누구지?"

권보영이 의아한 얼굴로 선우를 쳐다보았다.

"나그네 당신 마누라 아임까? 새삼스럽게 어케 물어보심까?"

틀림없다. 권보영의 머릿속에서 정찰총국 35국장이라는 신분과 정필의 아내라는 신분이 함께 존재하고 있었다.

이대로는 안 된다. 이쯤에서 선우는 각본을 새로 짤 수밖에 없게 됐다.

권보영이 선우의 아내보다 정찰총국 35국장이라는 사실을 더 강하게 인지하게 되는 상황이 오면 위험할 수도 있기 때문이다.

이건 줄다리기 같은 것이다. 양쪽에서 줄을 당기다가 조금이라도 강하게 움직이는 쪽으로 신분이 넘어가는 것이다.

"차 세워."

"어케 그럼까? 이자 조금만 더 가면 우리 집임다."

"차 세워."

선우가 정색하자 권보영은 갓길에 승합차를 세웠다.

권보영은 선우가 왜 그러는지 몰라 그를 빤히 바라보았다.

선우는 권보영에게 어떤 식으로 다시 최면을 걸어야 할지 재빨리 머리를 굴렸다.

"날 봐."

"보고 있습다."

선우는 권보영의 동공을 쏘아보면서 어느 때보다 강력한 최면을 걸었다.

권보영의 동공이 크게 흔들리다가 점차 평정을 되찾았다.

"여보."

"말씀하시라요."

선우가 착 가라앉은 목소리로 부르자 권보영이 정이 듬뿍 담긴 눈빛으로 그를 바라보았다.

"우린 대한민국에서 20년 전에 결혼한 부부야."

"네."

선우는 말을 하면서도 권보영의 동공을 주시하며 최면력을 주입시켰다.

그는 자신들이 대한민국 서울 어디에서 살았으며, 어떻게 결혼을 했고, 어떤 삶을 살아왔는지 조금 전에 새로 짠 시나리오를 주워 읊었다.

"알았지? 우린 대한민국 정보요원이야. 스파이 말이야. 보영이 당신은 지난 10여 년 동안 북한에서 살면서 고위층에 침투하여 정찰총국 35국 국장이라는 신분이 된 거야."

"내가 말임까?"

"그래."

선우는 10분 정도 더 현 상황에 가장 적합한 시나리오를 권보영의 머릿속에 심어주었다.

그녀가 스스로 기억하는 것과 선우가 강제로 기억시켜 주는 것은 각인의 효과가 엄연히 다르다.

20분 후 선우와 권보영이 탄 승합차는 평양 시내 서쪽 보통강 건너 보통강 구역의 청춘 거리에 있는 어느 근사한 단독주택 앞에 멈추었다.

그긍.

미리 전화를 받은 정필의 평양 연락책 이주광이 대문 앞에서 기다리고 있다가 승합차에 타고 있는 선우와 권보영을 확인하고는 대문을 활짝 열었다.

권보영이 모는 승합차는 대문 안으로 들어가서 꽤 넓은 마당 한쪽에 서 있는 벤츠 E350 옆에 멈췄다.

연락책 이주광이 대문을 닫고 승합차로 뛰어왔다.

"예상한 것보다 늦었습네다."

"일이 좀 있었습니다."

"안으로 들어갑시다."

이 주택은 본채와 별채 두 채로 이루어졌는데 이주광은 선우와 권보영을 별채로 안내했다.

별채 내부는 매우 깨끗했으며 세 개의 방과 거실, 화장실 겸 욕실, 주방 등이 갖추어져 있어서 따로 살림을 해도 될 것 같았다.

선우와 권보영이 머물기엔 안성맞춤이었다.

정필의 평양 연락책 이주광은 평양 고려호텔 총지배인이다. 그가 그런 대단한 지위까지 올라간 것은 순전히 정필이 힘을 썼기 때문이다.

이주광은 선우의 전화 연락을 받고 근무 시간 중에 잠시 집에 왔다가 다시 고려호텔로 돌아갔다.

본채에는 이주광 가족이 살고 있으며, 두 명의 가정부를 두고 살 만큼 풍족한 생활을 누리고 있었다.

두 명의 가정부 중 한 명이 별채에서 선우와 권보영의 식사와 청소, 시중을 들고 있다.

이 가정부는 연나운이라고 하는데 그녀 역시 정필에게 포섭된 사람이다.

사실 그녀는 정필을 한 번도 본 적이 없으나 그녀의 가족이 죄를 짓고 정치범수용소에 끌려가기 직전에 정필의 도움으로 탈북한 적이 있었다. 그때부터 그녀는 신분을 세탁한 후 평양에 남아 정필의 일을 전적으로 돕고 있었다.

"주광 아주바이가 고위층하고 약속을 잡으면 연락하갔다고 했으니까 기다리시라요."

연나운은 자신이 차려준 점심 식사를 하고 있는 선우와 권보영에게 설명했다.

"나운 씨도 같이 식사합시다."

"일없슴메다. 저는 이따 먹갔슴메다."

선우는 식탁 맞은편 의자를 손수 빼주며 마다하는 연나운을 앉혔다.

"우린 이주광 씨 연락 기다리지 않을 거고 우리끼리 따로 움직일 거요."

"그거이 무시기 말임까? 주광 아주바이가 고위층하고 약속 잡아주는 거이 필요 없다는 말임까?"

"그래요. 이주광 씨에겐 내가 전화하겠습니다."

아까는 이주광이 선우와 권보영을 별채에 안내하고 나서 다시 올 줄 알았는데 그길로 급히 고려호텔로 가버린 바람에 아무 말도 못 했다.

식사 후에 연나운이 커피를 내왔고, 선우와 권보영은 커피를 들고 방으로 들어갔다.

"나그네, 이제 어드러케 함까?"

"당신이 알고 있는 사람 중에 믿을 만한 인물로 제일 높은 지위가 누구지?"

권보영은 잠시 생각하다가 대답했다.

"최부흥이라고 있슴다. 인민군 총정치국 조직 담당 비서인데 계급은 대장임다."

"서열이 몇 위지?"

"18위쯤 될 거임다."

선우는 문득 궁금해졌다.

"보영 당신은 몇 위야?"

"나는 26위임다."

선우는 새삼스러운 표정으로 권보영을 바라보았다.

연길에서 정필이 말하기를 권보영의 서열은 23위~28위 사이에서 오락가락하지만 실제로는 10위권 이상의 파워를 지니고 있다고 했다.

선우는 북한 내부의 고위층을 만나기 전에 먼저 권보영이 알고 있는 내용을 들어보기로 했다.

"여보, 물어볼 게 있어."

두 사람은 침대 옆에 딸린 2인용 테이블에 마주 보고 앉았다.

"김정은 어떻게 됐는지 알아?"

"위원장 동지 말임까?"

"그래."

"집무실이나 별장에 있지 않갔슴까?"

"무슨 별장에 있는지 알아?"

"기거야 위원장 동지가 한 별장에 사흘 이상 머물지 않으니끼니 잘 모르갔시오. 길티만 알아보면 알 수 있갔지요."

선우는 조금 더 진지한 표정을 지었다.

"김정은 죽었어?"

권보영의 눈이 커졌다.

"누가 위원장 동지를 죽였슴까?"

권보영은 자신이 대한민국 정보요원이라고 최면이 걸렸는데도 김정은을 위원장 동지라고 호칭했다. 최면도 오랜 습관은 어쩌지 못하는 모양이다.

"내 말 잘 들어. 우리가 이번에 북한에 온 목적은 말이야."

선우는 자신들의 목적이 김정은이 죽었는지, 아니면 해외로 도피했는지, 그것도 아니면 제3의 세력이 북한 정권을 장악했는지 등의 사실을 확인하러 왔다는 사실을 설명했다.

"기렇구만요."

권보영은 커피 잔을 만지작거리며 심각한 표정을 지었다.

"위원장 동지, 아니, 김정은이 죽었는지 어케 됐는지에 대해서는 한 번도 생각을 앙이 해봤슴다."

그녀는 고개를 갸우뚱했다.

"그리고 보니 김정은 못 본 지 오래됐슴다."

"아까 얘기한 총정치국 조직 담당 비서 최부홍이라는 인물은 김정은이 어떻게 됐는지 알고 있을까?"

권보영은 고개를 가로저었다.

"그자는 모를 겁다."

"그럼 누가 알까?"

권보영은 허공 한곳에 초점을 모으고 뭔가 생각하더니 갑자기 손을 뻗어 선우의 손을 잡고는 벌떡 일어섰다.

"날래 가기요. 만날 사람이 있습다."

선우와 권보영은 연나운이 내주는 자동차 키를 받아서 이주광 집 마당에 있는 벤츠 E350을 몰고 밖으로 나왔다.

권보영은 운전을 하면서 휴대폰으로 누군가에게 전화를 하고 만날 약속을 했다.

선우는 권보영이 통화를 끝내기를 기다렸다가 물었다.

"누구야?"

"호위총국 제1국 제2호위부 부대장임다."

선우는 머리에 찬물을 끼얹은 것 같았다.

"제2호위부면 김정은 측근 호위부대잖아."

"그렇습다."

권보영이 눈을 빛냈다.

"거기 부대장인 상위 심재철이 과거에 내 부하였습다. 걔라면 김정은의 행방을 알 거임다."

선우는 서광이 비추는 것을 느꼈다.

평양 시내에는 식당이 그다지 많지 않으며 은밀하게 사람을 만날 만한 카페 같은 곳은 아예 없어서 사람들 눈을 피해 누군가를 만날 만한 장소가 매우 드물었다.

권보영은 심재철을 고려호텔 건너편에 있는 창광숙소라는 곳으로 불러냈다.

창광숙소는 먹고 마시고 자는 것까지 한꺼번에 해결할 수 있는 외국인 전용 최고급 유흥업소이다.

가격은 유로화로 책정되어 있는데 달러도 통용된다. 외국인 전용이라지만 너무 비싸서 정작 외국인은 별로 없으며 대신 평양 고위층이나 부유층 가족들이 자주 이용한다.

마침 심재철은 쉬는 날이어서 집에 있다가 권보영의 부름을 받고 총알처럼 튀어나왔다.

선우와 권보영이 창광숙소 주차장에 차를 대고 일 층 식당으로 가자 기다리고 있던 심재철이 벌떡 일어나 권보영에게 공손히 허리를 굽혔다.

"대장 동지, 오랜만입니다."

권보영은 과거 보위부 함경북도 사령관이었으며, 이후 승진하여 부부장까지 올랐고, 계급은 대장이고 지금도 동일하다.

권보영은 주위를 둘러보더니 한쪽으로 걸어갔다.

"기래, 자리를 옮기자우."

세 사람은 룸으로 자리를 옮겼으며, 점원들이 주문한 요리와 술을 가져오느라 한동안 부산해서 대화를 나누지 못했다.

심재철은 권보영이 대한민국에 갔다는 사실을 전혀 모르고 있었다.

그가 속해 있는 호위총국은 달리 호위사령부라고도 부르며, 오로지 김정은과 그의 직계가족의 호위, 그리고 김일성과 김정일이 묻혀 있는 평양 금수산 기념궁전을 경비하는 일만을 전담하고 있다.

호위총국 총인원은 4만여 명이며 별도의 독립여단 3개 대대 1,600여 명이 제1국에서 제4국까지 편성되어 김정은에 대한 것만을 호위한다.

제1국 제2호위부는 국가원수 호위 및 중앙당 청사의 경비를 담당하며, 심재철이 제2호위부의 부대장이다.

그의 계급은 비록 상위(대위와 소령 사이)지만 국가원수인 김정은을 최측근에서 호위한다는 점에서 김정은의 행방을 가장 잘 알고 있을 것이다.

"어떻게 지내십니까?"

"잘 지내고 있다."

심재철이 두 손으로 공손히 위스키를 따르면서 묻자 권보영은 대충 대답했다.

"야, 너 요즘 위원장 동지 본 적 있니?"

심재철이 의아한 표정을 지었다.

"위원장 동지 말임까?"

"기래. 위원장 동지 신변에 무슨 일이 있다는 소문이 나돌고 있어서 말이야."

심재철이 몹시 진지하고 조심스러워졌다.

"사실 저는 위원장 동지를 직접 뵙지 못한 거이 벌써 반년이나 됩니다."

"위원장 동지한테 무슨 일이 있는 거이니?"

심재철은 권보영 옆에 나란히 앉은 선우를 경계하는지 자꾸 힐끗거렸다.

권보영이 두 손으로 공경하듯 선우를 가리켰다.

"괜찮다. 이분은 내 남편이시다."

"아······."

심재철이 소스라치게 놀랐다가 벌떡 일어나 급히 허리를 굽혔다.

"몰라봬서 죄송합네다. 용서하십시오."

선우가 일어서려는데 권보영이 그의 팔을 잡고 일어나지 못하게 했다.

권보영에게 심재철은 예전에 새카만 부하였다. 그러므로 그녀의 남편이 일어나서 마주 인사하는 것은 권위에 흠이 가는 행동이었다.

원래 심재철을 호위총국의 노른자 자리에 추천한 사람이 권보영이었다.

그 덕분에 심재철 가족은 오지나 다름없는 함경북도 회령시에서 일약 평양으로 입성할 수 있게 되었다.

권보영 덕분에 심재철과 가족은 꿈에 그리던 평양 시민이 된 것이다.

사실 권보영은 지방에서 중앙으로 승진할 때 자신의 심복들을 여러 명 데리고 왔다.

심재철은 그들 중에 한 명이다. 처음에는 35국 그녀의 휘하에 있다가 나중에 호위총국으로 추천해서 보냈다.

심재철은 권보영이 결혼했다는 소문을 들은 적이 없지만 그녀가 직접 한 남자를 자신의 남편이라고 소개하면 무조건 믿어야만 한다.

심재철이 목소리를 낮추었다.

"사실 위원장 동지는 안 계심다."

그는 무언가 비밀스러운 사실을 알고 있는 듯한 표정이다.

"그거이 무시기 소리지?"

"우리는 반년 동안 빈껍데기만 호위하고 다녔다는 말임다. 물론 우리는 위원장 동지가 없다는 사실을 알지만 세상을 속이기 위해서 그랬다는 말임다."

"위원장 동지래 어케 된 거이지?"

심재철이 침을 꿀꺽 삼켰다.

그는 권보영이 물으면 자신이 알고 있는 것들을 하나도 숨김없이 말해야 한다.

"감금되셨슴다."

"감금? 어디에?"

심재철이 착잡한 표정으로 고개를 가로저었다.

"그건 모름다."

"기럼 위원장 동지가 감금된 거이 너래 어케 안 기야?"

심재철은 대답하지 않고 한동안 고개를 숙이고 있다가 이윽고 고개를 들고 권보영을 쳐다보는데 표정이 비장했다.

"저는 이거이 발설하면 저뿐만 앙이고 가족 모두 쥐도 새도 모르게 죽슴다."

권보영이 고개를 끄떡였다.

"내래 너하고 가족 모두 살려주갔어."

"어케 말임까?"

권보영에게 무조건 충성하는 심재철이지만 자신과 가족의 생사가 걸린 일인 만큼 신중을 기했다.

"너래 가족들하고 중국에 가 있으라우."

권보영은 아는 곳이 중국뿐이다. 중국에는 그녀가 마련해

놓은 작은 기반이 있다.

"중국 말임까?"

권보영이 선우를 쳐다보았다. 그런 일에 대해서는 권보영보다 선우가 더 잘 알고 있기 때문에 그의 도움을 바라는 것이다.

"전 세계 어디든지 원하는 곳으로 보내주겠소."

선우는 심재철이 놀라는 표정으로 변하는 걸 보면서 말을 이었다.

"그 나라의 국적을 취득하는 것은 물론이고 3백만 달러를 정착금으로 주겠소."

"……."

심재철이 눈을 휘둥그렇게 떴다. 그는 선우가 무슨 헛소리를 하느냐는 표정을 지으며 권보영을 쳐다보았다.

권보영이 고개를 끄떡였다.

"우리 남편은 부자다."

심재철이 대충 계산해 봐도 3백만 달러면 중국 돈으로 약 2천만 위안이다.

심재철은 자신이 그런 어마어마한 거액을 갖게 될 거라고는 한 번도 상상해 본 적이 없었다.

그가 생각해도 그 정도 거액이면 전 세계 어디를 가도 호의호식하면서 살 수가 있다.

단, 선우의 말이 사실일 경우에 말이다.

"어느 나라에 가고 싶소?"

심재철이 권보영을 쳐다보았다.

권보영이 고개를 끄떡이자 심재철은 쥐어짜내는 듯한 목소리로 대답했다.

"나, 남조선에서 살고 싶습다."

그는 벌떡 일어나 권보영에게 허리를 굽혔다.

"죄송함다, 대장 동지."

그는 죄스러운 표정으로 변명을 늘어놓았다.

"남조선이 대단히 발전한 경제 대국이고 몹시 잘산다는 거이 평양에서 모르는 사람이 없습다."

권보영이 조용히 중얼거렸다.

"내 집도 서울에 있다."

물론 선우가 입력해 준 내용이다.

"……."

"나 이 사람하고 서울에서 결혼했어, 야."

"그, 그렇습까? 하아!"

심재철이 몹시 놀라는 표정을 지었다.

선우가 말했다.

"김정은에 대해서는 가족들을 탈북시킨 다음에 말하겠소?"

심재철이 고개를 가로저었다.

"아임다. 지금 바로 말씀드리갔습다."

"그래도 괜찮겠소?"

심재철은 애써 미소를 지었다.

"저는 공화국 같은 거이 믿지 않습다. 제가 믿고 따르는 분은 오로지 대장님뿐임다."

그 말을 듣고도 권보영은 표정의 변화가 없었다.

반년 전 3월 7일, 김정은은 현지 지도를 하고 있었다.

원산의 한 축산 농장으로 돼지를 수백 마리 기르는 곳인데, 사실 현지 지도는 뒷전이고 그 근처에 있는 원산특각이라 불리는 별장에 쉬러 간 것이다.

김정은은 현지 지도를 갈 때는 부인 리설주와 동행하지 않고 혼자 간다.

북한에는 특각이나 초대소라고 불리는 김정은 전용 별장이 총 24곳이 있으며, 그의 현지 지도는 대부분 전용 별장이 위치한 부근에서 이루어진다.

전용 별장에 쉬거나 놀러 가는 길에 겸사겸사 현지 지도를 하는 것이다.

24곳 전용 별장들은 각각 특색을 갖추고 있는데, 예를 들면 어떤 곳에서는 기쁨조와 진탕 육체의 향연을 벌이고, 또 어떤 곳에서는 스포츠카광인 김정은이 카 레이스를 즐기며, 사냥이나 낚시, 승마를 즐길 수 있는 곳들도 있다.

3월 7일에 김정은이 묵은 원산특각에는 상시 50여 명의 18세부터 22세까지의 아리따운 무용수와 가수로 구성된 기쁨조가 대기하고 있다.

그녀들은 원산특각에 머물며 언제 자신들을 찾을지 모르는 지도자 동지의 부름을 기다리면서 연일 몸매를 다듬고 춤과 노래 연습을 게을리하지 않는다.

3월 7일 밤에 김정은은 원산특각에서 50여 명의 기쁨조에 둘러싸여 광란의 시간을 보냈다.

그 당시 심재철이 이끄는 제1국 제2호위부 70명의 경호부대는 김정은 주변을 물샐틈없이 경호하고 있었다.

새벽 2시쯤 김정은은 술이 만취하여 그날 밤 자신이 지목한 18세부터 20세까지 세 명의 여자와 침실에 들어갔다.

심재철은 부하 70명을 두 개 조로 나누어서 1조가 밀착 경호를 개시하고 2조는 휴식을 취하러 갔다.

심재철은 네 명의 부하와 함께 침실 앞을 지켰다.

방음 장치가 잘된 침실이지만 안에서 김정은과 세 여자의 환호성과 숨넘어가는 소리가 흘러나왔다.

김정은이 침실에 들어간 지 40분쯤 후에 침실이 잠잠해졌으며, 심재철은 김정은이 잠든 것이라고 짐작하여 경호 태세를 점검하려고 침실 앞을 떠났다.

15분 후 그가 다시 돌아왔을 때 침실 앞을 지키던 부하들 모습이 보이지 않았다.

침실 주위를 찾아보았으나 어디에도 없었다. 침실 경호를 하던 중에 사라지다니 절대로 있을 수 없는 일이다. 발각되면 심재철 이하 모조리 아오지행이다.

그때 심재철은 침실 안에서 어떤 기척을 들었다. 가만히 귀를 기울이니 여자의 신음 소리 같았다.

그런데 섹스를 할 때의 그런 것이 아니라 몹시 괴로워하는 신음 소리였다.

그는 조심스럽게 침실 문을 열었다. 그리고 어떤 사내가 커다란 침대 아래 쓰러져 있는 벌거벗은 여자의 목을 조르고 있는 광경을 목격했다.

여자는 끅끅거리면서 사지를 푸들푸들 떨고 있었다.

심재철은 재빨리 권총을 뽑았다.

"누구냐?"

여자의 목을 조르던 사내의 동작이 뚝 멈췄다.

심재철은 권총으로 사내를 겨눈 상태에서 재빨리 실내를 살펴보았다.

침대에는 두 명의 여자가 흐트러진 자세로 늘어져 있고 침대 가장자리에 두 명의 낯선 사내가 빈 자루를 쥐고 서 있다가 심재철을 쳐다보았다.

심재철은 실내에 있는 사내들이 여자들을 죽였으며 그녀들을 빈 자루에 담으려 한다고 짐작했다.

그런데 실내 어디에도 김정은의 모습이 보이지 않았다. 세
명의 여자와 함께 침실에 들어가는 것을 분명히 봤는데 여자
들만 있고 김정은은 감쪽같이 사라졌다.

심재철은 김정은의 실종이 이 사내들과 연관이 있을 것이
라고 직감했다.

"이 새끼들, 뭐야?"

심재철이 성난 얼굴로 으르렁거리는데 갑자기 옆에서 누가
그의 옆머리에 권총을 겨누었다.

"조용해라, 응?"

선우는 심재철 머리에 권총을 겨눈 사람이 누군지 무척 궁
금했다.

"그 사람이 누구였소?"

"젊은 여자였는데 거기에 있는 사내들이 그 여자를 총당주
라고 불렀습니다."

"총당주?"

선우는 불현듯 마현가의 본부 명칭이 현총부라는 사실이
떠올랐다.

총당주라면 혹시 현총부의 우두머리를 가리키는 것이 아닐
까.

또한 총당주가 젊은 여자라고 했으니 그녀가 선우와 만나서 같이 술을 마시고 하룻밤을 보낸 현청하가 아닐까 하는 생각이 들었다.

"그 여자를 봤소?"

"봤습다."

심재철은 원산특각 마당의 어느 창고로 끌려갔다.

심재철은 자신의 머리에 권총을 겨눈 젊은 여자와 김정은 침실에서 목이 졸려 죽은 세 여자의 시체가 담긴 자루를 멘 세 명의 사내와 함께 창고로 들어갔다.

그곳에는 사라진 침실 앞 경호원 네 명이 구석에 웅크린 모습으로 앉아 있다가 들어서는 심재철을 보고 반갑고도 착잡한 표정을 지었다.

그곳에서 젊은 여자는 심재철에게 한 가지 제안을 했다.

"오늘 있었던 일을 죽을 때까지 침묵하면 당신들이나 가족들에게 아무 일도 없을 거예요. 그렇지만 발설한다면 그 즉시 당신들과 가족들은 두 번 다시 밝은 세상을 보지 못하게 될 거예요."

심재철이 물었다.

"위원장 동지는 어디에 계신가?"

"안전한 장소에 잘 계세요."

"어케 위원장 동지를 납치한 거요?"

"납치가 아니에요. 이것은 위원장 동지께서 원하신 거예요. 당분간 조용한 곳에서 푹 쉬고 싶다고 말이에요."

심재철은 여자의 말이 거짓말이라고 생각했지만 이런 상황에서 따져봤자 소용이 없다고 생각했다.

"우린 지금 당장 당신들을 죽일 수도 있지만 살길을 열어주는 거예요."

심재철이 지휘하는 호위총국 제1국 제2호위부는 김정은이 없는 원산특각을 사흘 동안 호위하다가 평양으로 돌아와 다른 호위부와 교대했다.

심재철은 고민 끝에 자신의 직속상관인 제1국장에게 원산특각에서의 일을 보고했다.

그렇지만 제1국장은 심재철의 설명을 다 듣고 난 후에도 간단하게 알았다고만 할 뿐 별로 놀라지도 않았으며 어떤 조치도 취하지 않았다.

그리고 심재철이 집에 귀가했을 때 놀라운 일이 벌어져 있었다. 가족들이 한 명도 보이지 않는 것이다.

놀란 그는 팔방으로 찾아보았지만 가족은 어디에서도 찾지 못했으며, 아내가 갖고 있는 휴대폰으로도 전화를 했지만 꺼져 있었다.

그때 심재철의 휴대폰이 울렸고, 낯선 사내의 목소리가 흘러나왔다.

─심재철 너, 가족들이 죽어도 좋다는 거냐?

심재철은 자신이 제1국장에게 원산특각의 일을 보고했기 때문에 범인들이 가족을 납치한 것이라고 판단했다. 제1국장도 한패라는 얘기이다.

결국 심재철은 잘못했으니까 한 번만 용서해 달라고 빌었으며, 다시는 그런 일이 없을 것이라고 맹세하여 겨우 가족을 돌려받을 수 있었다.

*   *   *

설명을 다 듣고 난 권보영의 눈빛이 차가워졌다.

"기런 일이 있었다는 말이지비."

선우가 고개를 끄떡였다.

"그런데도 우리한테 얘기를 다 해주다니 고맙소."

심재철은 아무 말도 하지 않고 착잡한 얼굴로 아주 잠깐 권보영을 쳐다보았다.

하지만 권보영은 심재철에게 어떤 위로나 칭찬의 말도 하지 않았다.

그녀는 원래 칭찬에 인색하다. 그렇지만 자신의 사람은 무슨 일이 있어도 끝까지 챙기고 책임을 진다. 부하들은 그것을 잘 알기에 무조건적으로 그녀를 따르는 것이다.

잠시 무언가 생각하던 선우는 손가락을 세워 입에 대고 심재철에게 아무 말도 하지 말라는 손짓을 해 보이고는 일어나서 겉옷을 벗으라고 했다.

선우는 심재철이 벗어준 정장 상의를 세심하게 살펴보고는 그의 셔츠와 바지 등을 자세히 살펴 혹시 도청 장치가 없는지 확인했다.

"됐소."

아무런 장치가 없는 것을 확인한 선우는 옷을 입으라고 돌려주었다.

"미행이 있을지 모르오."

심재철이 고개를 가로저었다.

"기딴 거이 없습다. 제가 몇 번이나 확인했습다."

"화장실에 다녀오시오."

"변소에 가라는 거임까?"

"그렇소."

심재철이 고개를 끄떡이고는 룸을 나갔다.

선우는 1분쯤 후에 룸을 나가 화장실로 갔다.

외국인 전용 유흥업소답게 화장실은 매우 깨끗했다. 그러나 세 개의 소변기에는 심재철의 모습이 보이지 않았다.

선우는 닫혀 있는 세 개의 문 중에 맨 끝에서 두 사람의 숨소리가 들리는 것을 간파하고 기척 없이 그곳에 다가갔다.

쾅!

선우는 망설임 없이 어깨로 문을 밀치며 돌진했다.

잠겨 있던 문의 열쇠고리가 부서지며 안에 있던 두 명이 놀라서 선우를 쳐다보았다.

인민복 차림의 사내가 소음 권총으로 심재철을 겨누고 있다가 문에 부딪치며 자세가 흐트러졌다.

탁!

"억!"

인민복의 사내가 미처 대처할 겨를을 주지 않고 선우의 수도가 소음 권총을 쥔 사내의 손목을 짧게 끊어서 쳤다.

사내가 놓친 소음 권총은 어느새 선우의 오른손에 쥐어졌다.

선우는 소음 권총으로 사내를 겨누고 심재철에게 물었다.

"이자가 무슨 짓을 했소?"

"두 분이 누구이며 제가 두 분께 무슨 말을 했느냐고 캐물었습다."

선우는 심재철에게 고개를 끄떡였다.

"가시오."

심재철이 화장실에서 나가고 선우와 사내 둘만 남았다.

평양 남자들이 즐겨 입는 인민복을 입은 사내는 전세가 역전되었는데도 조금도 당황하는 얼굴이 아니었다.

선우가 쳐다보자 그는 쏘는 듯한 눈빛으로 그를 마주 쳐다보았다.

그러다가 갑자기 동공이 크게 흔들리면서 눈빛이 온순하게 바뀌었다.

선우의 최면에 걸렸다.

"너는 누구냐?"

선우가 묻자 사내는 공손하게 대답했다.

"조성환입니다."

"천현가 사람이냐?"

"그렇습니다."

마현가는 그들 자신을 천현가라고 칭한다. 선우는 김정은을 납치, 감금한 자들이 마현가일지도 모른다고 추측했는데 과연 그게 맞았다.

선우는 마현가 부하 조성환을 보내고 나서 룸으로 돌아왔다.

그는 조성환이라는 자에게서 쓸 만한 정보들을 알아냈다.

하지만 가장 중요한 정보, 즉 김정은이 감금된 위치를 알아내지는 못했다. 조성환은 그런 것을 알고 있을 만큼 높은 지위가 아니었다.

정보를 다 알아낸 후에는 조성환이 오늘 심재철을 미행해서 수상한 점을 아무것도 알아내지 못한 것으로 세뇌를 시키고 풀어주었다.

선우가 자리에 앉자마자 권보영이 물었다.

"심재철이를 감시한 자가 누굼까?"

"김정은을 납치한 자들과 한패였어."

"김정은이 어디에 있는지 알아냈슴까?"

선우는 고개를 가로저었다.

"그자는 모르더군."

"그놈은 어쨌슴까?"

"풀어줬어."

권보영이 움찔했다.

"그놈을 풀어주면 어쩜까?"

"바보로 만들어서 풀어줬으니까 괜찮아."

최면을 걸지 않았을 때의 권보영이었으면 어떻게 바보로 만들었느냐고 따져 물었겠지만 지금은 선우의 말을 100% 믿었다. 순종하기 때문이다.

마현가의 인물 조성환은 현재 현청하가 평양에 없으며 올해 3월 7일에 김정은을 납치, 감금한 후 한국으로 돌아갔다고 말했다.

김정은 납치, 감금을 총지휘한 젊은 여자, 즉 총당주는 현청하가 맞았다.

그리고 평양 모처에 마현가 인물들이 묵고 있는 숙소가 있으며, 정확하게 열다섯 명이라고 했다.

또한 조성환이 알고 있는 바에 의하면 김정은이 사라진 현재 북한의 권력은 노동당 중앙위 부위원장 겸 국방위원인 최중희가 장악했다고 한다.

최중희는 과거 2014년에서 2016년까지 북한 권력 서열 3위였을 정도로 막강한 실세였지만 점차 권력에서 밀려나 30위권 밖으로 곤두박질쳤다.

김정은이 최중희를 밀어낸 이유는 그를 따르는 고위층이 많아졌기 때문이다.

김정은은 아무리 신뢰하는 최측근이라도 세력이 커지면 위협을 느끼고 가차 없이 쳐내는 것으로 유명했다.

선우는 가라앉은 목소리로 말했다.

"여보, 최중희라고 알지?"

"암다."

"김정은 납치 배후에 최중희가 있어."

마현가가 김정은을 납치하고 감금한 후 최중희를 실권자로 내세웠겠지만 선우는 마현가에 대한 얘기는 권보영에게 하지 않았다.

"최중희가 말임까?"

"그래."

권보영이 고개를 갸웃거렸다.

"최중희는 내가 잘 안다. 그런데 그 작자는 그럴 만한 위인이 못 되는데 말임다. 이상하군요."

선우는 마현가를 말하지 않으려고 했지만 다 감추는 것은 일의 앞뒤가 맞지 않는 것 같았다.

"최중희는 허수아비야."

이어서 선우는 마현가를 어떤 '어둠의 세력'이라고 표현해 그 어둠의 세력이 북한을 마음대로 하기 위해 김정은을 납치, 감금하고 최중희를 허수아비로 내세운 것 같다고 말했다.

그래서 우리가 김정은이 어떻게 된 것인지를 알아내기 위해 북한에 온 것이라고 덧붙였다.

권보영은 알겠다고 고개를 끄떡였지만 심재철은 새로 알게 된 엄청난 사실에 혼비백산했다. 하지만 감히 물어볼 엄두가 나지 않아 입을 다물고 있었다.

선우는 한 가지 결정을 내렸다.

최중희를 축출하고 김정은을 제자리에 앉히는 일은 하지 않겠다는 것이다.

핵을 갖고 대한민국과 전 세계를 상대로 온갖 미치광이 행패를 부리고 있는 김정은이 북한 최고의 권좌를 되찾는다면 절대로 좋을 게 없었다.

납치에 감금까지 당했으니 김정은이 권좌에 돌아오면 예전보다 더 광분해서 날뛸 게 분명하다.

그래서 선우는 궁리 끝에 제3의 인물을 북한 최고 권좌에 앉히는 계획을 세웠다.

제3의 인물은 반드시 비둘기파, 즉 온건파여야만 한다.

그래서 장차 대한민국 정부와 민간의 활발한 교류가 선행되고 그 이후 남북 정부의 긴밀한 협의를 거쳐 평화적인 남북통일이 이루어지도록 해야 한다.

선우는 그런 자신의 생각을 권보영과 심재철에게 얘기했다.

권보영은 크게 놀랐지만 선우에게 무조건적으로 맹종하고 있기 때문에 기꺼이 돕겠다고 했다.

사실 원래의 권보영은 지독한 강경파, 즉 매파였다. 남한을 무조건 적화통일 해야 한다고 입버릇처럼 말했다.

북한을 떠나서 가족과 함께 대한민국에서 정착하고 싶다는 심재철은 그렇게만 된다면 더할 나위 없이 좋은 일이라고 쌍수를 들어 환영했다.

선우가 그런 결정을 내린 것은 위험천만한 모험일 수도 있지만 아무리 생각을 거듭해 봐도 지금의 상황에서는 그 방법이 최선인 것 같았다.

그가 감히 대한민국을 대표할 수는 없지만 신강가의 재신으로서, 또한 지금 당장 눈앞에 처한 상황을 감안하면 이렇게 할 수밖에 없었다.

"어떤 인물이 좋을까?"

북한 내부 정세에 대해서 자세히 모르는 선우는 권보영과 심재철의 의사를 타진했다.

권보영과 심재철은 서로의 얼굴을 한 번 보고 나서 입을 맞춘 것처럼 한 사람의 이름을 말했다.

"박형옥이 적임자임다."

선우는 권보영에게 자리를 옮기자고 하여 류경관이라는 곳으로 이동했다.

류경관은 원래 해당화관이라는 이름이었으며 북한의 실권자이던 김정은의 고모부 장성택이 지었다.

그러나 장성택의 세력이 워낙 거대해졌기 때문에 김정은은 장성택을 처형하고 그의 잔당을 모조리 처형, 숙청했으며, 그 와중에 해당화관을 류경관이라고 이름을 바꾸었다. 장성택의 잔재가 싫었던 것이다.

권보영은 인민무력부 대외협력국장 차동희와 보위사령부 평양여단장 최창식을 불러냈다.

권보영은 회령시에서 차동희하고 통화를 했으며, 평양에 들어오려고 룡성에서 최창식과 통화를 했기 때문에 두 사람은 그녀의 연락을 눈 빠지게 기다리고 있었다.

류경관은 평양 최고의 식당이며 총 6층으로 백화점 정도의 규모를 자랑하고 있다.

선우와 권보영은 2층 동석자실(룸)로 들어가 미리 술과 요리를 주문했다.

차동희는 현역 대장 계급으로 권보영과 동일하며, 두 사람은 막역한 우정을 나누는 사이다.

그리고 최창식의 계급은 비록 대좌(대령)이지만 보위사령부 평양여단장으로 평양의 전체 치안과 정보 등을 담당하므로 막강한 실력자이다.

선우는 심재철과 함께 류경관 밖에서 차동희와 최창식이 오는 것을 기다렸다.

혹시 그들이 미행을 달고 올지도 몰라서 어느 가로수 뒤에 몸을 숨기고 류경관 입구 쪽을 지켜보았다.

권보영은 두 사람에게 차를 갖고 오지 말라고 얘기했는데 과연 둘 다 택시를 타고 왔다.

현재 평양의 택시는 1,000대 정도가 운행하고 있으며, 택시 회사가 다섯 개에 달할 정도로 활발했다.

기본요금은 4km에 2달러이며, 수입이 매우 좋아서 택시기사가 중앙당 간부보다 낫다는 말이 나돌 정도라고 한다.

최창식이 먼저 도착해서 류경관 안으로 들어갔고 미행하는 자는 없었다.

선우는 심재철이 최창식과 차동희의 얼굴을 알기 때문에 그를 데리고 나온 것이다.

5분 후, 한 대의 택시가 와서 류경관 앞에 멈추더니 50대 후반의 고급 정장을 입은 남자가 내리는 것을 보고 심재철이 속삭였다.

"차동희 국장임다."

차동희가 류경관으로 들어가자마자 잠시 후 한 대의 구형 벤츠 승용차가 류경관 앞에 나타나 멈추더니 한 사람이 내리고 벤츠는 곧 떠났다.

선우는 벤츠에서 내린 30대 중반의 정장 사내가 차동희를 미행하는 것이라고 판단했다.

심재철이 정장 사내를 보며 적잖이 놀라는 얼굴로 중얼거렸다.

"미행인 것 같습다."

그는 차동희가 미행당하고 있다는 사실에 꽤 충격을 받은 것 같았다.

. "도대체 무엇 때문에 차동희 국장 동지를 미행하는 거인지 모르갔슴다."

정장 사내가 류경관으로 들어가자 선우는 심재철에게 3분 후에 들어오라 말하고 가로수 뒤에서 나와 빠른 걸음으로 사내 뒤를 따랐다.

차동희는 에스컬레이터를 타고 2층으로 올라가고 있으며, 사내는 차동희를 쳐다보면서 그를 따르고 있다.

차동희가 여자 안내원의 안내로 2층 복도를 지나 어느 룸으로 들어가자 사내는 걸음을 멈추고 딴청을 부렸다. 그러다 여자 안내원이 사라지자 차동희가 들어간 룸 입구에 서서 문틈에 귀를 대고 안쪽의 기척을 살폈다.

그러다가 저쪽에서 선우가 성큼성큼 걸어오는 걸 보고는 문틈에서 물러나 주머니에서 담배를 꺼내 입에 물고 라이터를 찾는 체 주머니를 뒤적거렸다.

선우는 사내 곁을 지나가면서 손을 들어 자연스럽게 머리카락을 쓸어 넘겼다.

선우의 손이 공기를 압축하여 담배를 물고 있는 사내의 입과 코를 동시에 막아버렸다.

사내는 코와 입이 갑작스럽게 압박되자 눈을 부릅뜨면서 얼굴 가득 놀라는 표정을 지었다.

그 순간 선우는 사내의 어깨를 잡고서 맞은편 룸의 문을 열고 그 안으로 끌고 들어갔다.

아까 나가기 전에 확인한 대로 맞은편 룸은 비어 있었다.

선우는 숨이 막혀서 버둥거리는 사내의 눈을 쳐다보며 최면을 걸고 입막음을 풀어주었다.

"푸하아!"

사내가 숨을 몰아쉬며 헐떡거렸다.

선우는 사내의 호흡이 안정되기를 기다렸다가 물었다.

"너는 누구냐?"

사내는 순한 얼굴로 공손하게 대답했다.

"보위부 제1국 제3정탐부 소속 소위 양준명입네다."

        ＊   ＊   ＊

차동희는 자신이 보위부에게 미행을 당했다는 사실을 매우 불쾌하게 여겼다.

"보위부 이 새끼들이 감히……."

보위사령부는 인민무력부 산하에 있다. 보위부 사령관이라고 해도 차동희 아래이고 감히 눈도 마주치지 못하니까 차동희가 분노하는 것은 당연하다.

"차 동무, 잠시 설명을 들어보기요."

네모 각진 얼굴에 단단한 인상을 풍기는 차동희는 심상치 않은 분위기를 이미 간파했다.

권보영이 눈짓하자 심재철이 설명을 시작했다.

"이거이……."

모든 설명을 다 듣고 난 차동희는 아연실색해서 말을 제대로 잇지 못했다.

최창식 역시 놀라기는 마찬가지다. 그는 대한민국 국정원에 해당하는 보위부 평양여단장이라는 중책을 맡고 있지만 방금 심재철이 말한 내용에 대해서는 까맣게 몰랐다.

"이거이 정말 사실임까?"

권보영의 최측근이었다가 그녀의 힘으로 보위부 평양여단장까지 오른 최창식이 믿지 못하겠다는 얼굴로 물었다.

심재철이 주먹을 쥐고 말했다.

"그거이 모두 제 눈으로 똑똑하게 봤다는 말임다."

"기래?"

"못 믿으시갔으면 3월 7일 밤 원산특각에서 위원장 동지 침실을 같이 호위한 제 부하 네 명에게 물어보시라요."

"으음."

차동희는 권보영을 잘 알기 때문에 김정은의 납치와 감금을 무조건 믿었다.

또한 김정은이 공식적인 석상에 반년째 나타나지 않는 것이나 반년 전부터 느닷없이 최중희가 급부상하여 권력을 장악한 것 등으로 봤을 때 방금 들은 얘기는 설득력을 넘어 사실일 수밖에 없다고 확신했다.

"음, 이 사실을 또 누가 알고 있소?"

"우리뿐이오."

차동희의 물음에 권보영이 대답했다.

이제 선우는 매우 중대한 의견을 밝혀야 한다. 최중희를 몰아내고 박형옥을 내세우자는 계획이다.

하지만 그것을 선우가 말해서는 안 된다. 권보영과 심재철은 선우의 말에 따랐지만 차동희와 최창식은 다르다.

"차 동무."

선우가 눈짓하는 것을 보고 권보영이 진지한 얼굴로 차동희를 불렀다.

최창식은 설득할 필요가 없다. 그는 여전히 권보영의 최측근이기 때문이다.

"우리가 공화국을 갈아엎읍시다."

"갈아엎다니, 그기 무슨 말이오?"

권보영은 몹시 진지한 표정으로 최중희를 몰아내고 박형옥을 내세우자는 의견을 말했다.

얘기를 듣고 난 차동희는 매우 놀라기는 했지만 어째서 김정은을 복귀시키지 않는 것인지, 그런 일은 반역이 아니냐는 등 헛소리를 하지는 않았다.

그렇게 쓸데없는 소리를 할 사람이라면 권보영이 애당초 그를 불러내지도 않았을 것이다.

박형옥은 온건파 중에서도 온건파다. 그는 모스크바 유학

파이며 매우 지성적이고 박식하며 인재를 중용할 줄 아는 덕목을 지니고 있었다.

만약 박형옥이 실권자가 된다면 제일 먼저 핵 개발을 중단할 것이고, 그다음에는 남한과 다방면으로 평화적인 여러 교류를 실행할 것이다.

원래 그의 궁극적인 지론은 남북한은 하나이므로 언젠가는 동족끼리 피를 흘리지 않는 방법으로 삼천리 팔도강산이 통일돼야 한다는 것이었다.

남과 북이 지금처럼 갈라져서 으르렁거리는 것은 스스로 제 살을 뜯어먹는 격이며 이웃 국가들에게 이익만 줄 뿐이라고 역설했다.

그는 평화주의자이며 민족주의자이고 반독재적인 사람이었다.

차동희는 영리한 사람이다. 그는 권보영의 설명을 듣고서 이것저것 많은 것을 생각했다.

"기럼 우리는 어케 되는 거요?"

차동희는 가장 중요한 것을 물었으며, 권보영은 딱 한마디로 그의 물음을 충족시켜 주었다.

"원하는 것을 얻게 될 거요."

차동희가 눈을 빛냈다.

"무엇이라도 말이오?"

권보영이 고개를 끄떡였다.

"무엇이라도."

차동희는 자신에게 새로운 기회가 다가왔음을 감지했다.

"나는 권력의 핵심에 서 있고 싶소."

"우리가 박형옥 동지를 옹위하고 그의 측근에 머문다면 기케 될 거이라고 믿소."

"북남이 통일되더라도 말이오?"

"우리 힘으로 북남통일을 이루면 장차 거국정부에서 우리역할이 중요할 거이 아니갔소?"

"음."

이쯤에서 권보영은 선우가 귀띔해 준 것을 슬쩍 내비쳤다.

"차 동무한테 돈이 좀 있어야 하지 않갔소?"

현재 차동희는 지위는 높지만 권력의 외곽에 있기 때문에 돈을 벌거나 모을 기회가 거의 없었다.

현재 그는 창광거리의 아파트에서 평양 부유층하고는 상관이 없는 조촐한 생활을 하고 있었다. 인민무력부 대장 계급치고는 특이한 케이스이다.

인민무력부 대외협력국장이라는 지위가 돈이 생기는 막강한 자리가 아니고 또한 그 자신이 돈을 긁어모으는 데에는 젬병이기 때문이다.

"지금 당장 차 동지에게 천만 달러를 주갔소. 런민비로

6,481만 위안이오."

"……."

"뇌물 같은 거이 앙이오."

차동희는 너무 놀라서 숨을 제대로 쉬지 못했다. 천만 달러
에 위안화로 무려 6,481만 위안이라니, 그런 어마어마한 거액
은 꿈을 꿔본 적도 없다.

"그럼 그게 뭐이오?"

"우리가 이제부터 거사를 추진하는 데 필요한 돈이고 만약
일이 잘못될 때를 대비해서리 그 돈이 차 동무의 안전장치가
돼줄 거이오."

최중희를 밀어내고 박형옥을 세우는 일이 잘못된다면 그
일에 연루된 사람들이 줄줄이 낭패를 당하게 될 것이다.

말이 낭패지 그 일에 관련된 사람들의 삼족(三族)의 씨가 마
를 것이다.

삼족은 팔촌(八寸)까지를 가리킨다. 차동희 한 사람 잘못되
는 것으로 팔촌까지 깡그리 처형을 당하게 되는 것이다.

권보영이 제시한 천만 달러는 그때를 대비해서 미리 준비하
라는 것이다.

미화 천만 달러면 중국이든 해외 어디든 도피처를 마련하
고도 남을 액수이다.

권보영의 말이 사실이라면 천만 달러가 차동희에겐 큰 힘이

되어줄 것이다.

권보영은 최창식에게도 돈을 주겠다고 했다.

"최창식이한테는 미화 5백만 달러를 주갔어."

"저도… 주심까?"

"기래. 유사시를 대비해서 너도 준비를 해야지 않갔어?"

최창식이 일어나서 꾸벅 허리를 굽혔다.

"고맙습다, 대장 동지!"

"목소리 낮추라우."

권보영은 딱 잘라서 말했다.

"돈을 주는 거이 여기에 있는 세 사람에게만이오. 당신들이 최우선 동지이기 때문이오."

차동희와 최창식, 심재철은 안도의 표정으로 고개를 끄떡였다.

그러나 차동희는 마지막 확인을 해야만 했다.

"기런데 권 동지는 그런 돈이 어디에서 생긴다는 말이오?"

권보영이 선우를 쳐다보았다.

선우는 이제 슬슬 자신이 나설 때라고 생각했다.

"이 동무래 남조선에서 왔소."

권보영의 말에 차동희와 최창식이 움찔 놀랐다.

선우는 손가락 하나를 펼쳤다.

"나한테 10분만 시간을 주면 다 설명하겠소."

선우가 설명을 끝냈는데도 실내에는 꽤 오랫동안 자욱한 침묵이 흘렀다.

차동희와 최창식은 너무 놀라고 충격을 받아서 그게 사실이냐고 물어보지도 못했다.

선우의 설명은 이랬다.

남조선에 '어둠의 세력'이라는 것이 존재하며, 그들이 김정은을 납치, 감금하고 최중희를 북조선의 실권자로 내세운 장본인이라는 사실을 제일 먼저 꺼냈다.

이후 '어둠의 세력'은 남조선만이 아니라 북조선에도 단단한 기반을 두고 있어서 그들의 발원지가 남조선인지 북조선인지는 분명하지 않다는 것, 그리고 그들은 남조선 군부도 거의 장악했으며, 그들의 목표는 우선 남북통일을 이루는 것, '어둠의 세력'은 전 세계 12개 국가의 군대를 전부, 혹은 부분적으로 장악했으며 그들을 통칭 '레드아미'라고 부른다는 것도 얘기했다.

해서 그들의 최종 목표는 남북한 통일을 시작으로 새로운 국가를 탄생시키는 것이며, 이후 12개 국가에 쿠데타라든가 그와 비슷한 것을 일으켜서 통일한국으로 흡수, 통합시켜 새로운 대국가를 탄생시키려 한다는 것 등이다.

선우의 설명은 권보영과 심재철에게 해준 설명에서 한 걸음 더 진일보한 내용이다.

그게 사실이라면 이것은 북조선의 권력을 누가 거머쥐느냐 하는 것이 문제가 아니었다.

꽤 오랜 침묵이 흐른 뒤에 차동희가 꽉 잠긴 목소리로 선우에게 물었다.

"당신 뉘기요?"

"우리 조국을 진심으로 염려하는 사람이오."

차동희가 슬쩍 인상을 썼다.

"장난하자는 거이오?"

선우는 잠시 갈등에 빠졌다. 권보영에게 말한 것처럼 자신이 대한민국의 정보 요원이라고 말한다면 여러 가지 문제가 발생할 것이다.

지금 상황은 권보영이 이 막중한 대업을 주관하는 입장이고 선우가 옵서버의 입장인데, 사실 권보영은 이런 엄청난 일을 주관할 정도의 재목이 못 된다.

지금 여기에 모인 사람들은 친분으로 이어졌지만 막상 일을 도모하자면 든든한 구심점이 있어야 하는데 권보영은 구심점으로는 조금 부족했다.

권보영이 사람을 모으고 일을 추진하는 역할이라면 그녀를 믿을 수 있는 구심점으로 만들어주는 역할을 선우가 해주어야만 한다.

"나는 돈이 아주 많소."

선우가 밑도 끝도 없이 불쑥 말하자 다들 어이없다는 표정을 지었다.

선우는 여기에서도 어쩔 수 없이 세계 제일의 부자 케이선이라는 신분을 팔 수밖에 없다고 생각했다.

"혹시 당신들은 세계 제일 부자가 누군지 아시오?"

북한이 꽉 막힌 체제이지만 이들은 평양에서도 고위층이라 바깥세상의 정보에 눈과 귀가 열려 있었다.

심재철이 아는 척을 했다.

"미국 사람 케이선이라고 알고 있습다."

최창식이 고개를 끄떡였다.

"그 사람 돈이 어마어마하게 많다는 거이 평양에서도 알 만한 사람은 다 아오."

선우가 조용히 말했다.

"내가 케이선이오."

"……."

다들 눈만 껌뻑거릴 뿐 아무 말도 하지 않았다. 분명한 것은 다들 선우의 말을 믿는 표정이 아니라는 사실이다.

차동희가 권보영을 쳐다보며 손가락으로 선우를 가리켰다.

"이 사람, 익은 밥 먹고서리 무시기 헛소리를 하는 거요?"

"나는 믿소."

"……."

"나는 이분이 케이선이라는 사실을 알고 있다는 말이오."

"권 동지, 그거이 정말이오?"

선우가 케이선이라는 사실을 말한 적이 없는데 권보영이 알고 있을 리가 없다.

그녀는 선우의 말을 100% 믿는 것에서 한 걸음 더 나아가 아예 각본을 짰다.

"기럼 내래 남편이 세계 최고 부자라는 것도 모르고 결혼했다는 말이오?"

차동희와 최창식이 적잖이 놀랐다.

"이 사람이 권 동지 남편이라는 말이오?"

"그렇소."

두 사람은 몹시 놀랐지만 지금은 그런 것을 논할 때가 아니라서 한쪽으로 밀어두었다.

차동희가 고개를 갸웃거리며 말했다.

"내래 권 동지 말이라면 뭐든지 믿었지만 이거는 믿기 어렵소. 남조선 최고 부자도 아니고 세계 최고 부자라니 그거이 어드러케 믿갔소?"

"차 동지!"

권보영이 발끈하자 선우가 테이블 아래로 그녀의 손을 잡고 만류하며 차동희에게 온화한 어조로 말했다.

"어떻게 하면 믿겠소? 뭐든지 말해보시오."

차동희는 조금 생각하다가 실질적인 것을 요구했다.

"아까 나한테 미화 천만 달러 준다고 하지 않았소?"

"그랬소."

"그거이 오늘 안으로 내 손에 쥐여주면 믿갔소."

선우가 뭐라고 하기도 전에 권보영이 벌떡 일어서며 화를 발칵 냈다.

"차 동지! 지금 그거이 말이라고 하는 거이요?"

차동희도 말이 안 된다는 것을 알고 있다. 하지만 세계 최고 부자 케이선이라면 뭐가 달라도 다를 것이라는 생각이다. 그래서 그가 과연 어떻게 대처할지 두고 보겠다는 심산이다.

그런데 선우는 담담한 얼굴로 휴대폰을 꺼냈다.

"잠시 기다리시오. 될는지 알아보겠소."

이번에는 차동희만이 아니라 권보영마저도 놀란 얼굴로 선우를 처다보았다.

천만 달러를 오늘 안으로 차동희에게 줄 수 있는지 알아보겠다는 얘기를 듣고 놀라지 않을 사람이 있겠는가.

＊   ＊   ＊

"평양은 인터넷 되나?"

"앙이 됩다."

선우의 물음에 권보영이 공손하게 대답했다.

차동희 등은 권보영이 선우에게 몹시 공손한 것을 보고 자신들의 눈을 의심할 정도로 놀랐다.

북한 내에서 권보영이 공손하게 예의를 갖추는 사람은 김정은 한 명이라는 것은 누구나 다 알고 있는 사실이다.

"인터넷 사용하면 탐지되나?"

"인터넷이라는 거이 없는데 어케 탐지되갔슴까?"

"그렇군."

선우는 휴대폰을 조작하여 스포그 소유의 수십 대 인공위성 중에서 한반도 상공을 지나는 통신위성을 연결했다.

스포그 통신위성을 중계할 위성국 같은 것은 평양에 없지만 선우의 휴대폰은 위성국 역할을 하도록 제작됐기에 그 정도는 문제가 없었다.

"중국 공상은행 지점이 평양에 있나?"

"있슴다."

선우는 스포그 산하의 코스모스금융을 통해서 중국 공상은행 평양 지점에 가상계좌 세 개를 만들었다.

그러고는 그 계좌에 각각 미화 천만 달러와 5백만 달러, 3백만 달러를 계좌 이체시켰다.

"받아 적어."

선우의 말에 권보영이 손짓하자 심재철이 급히 종이와 볼펜을 그녀에게 건넸다.

선우는 세 개의 계좌 번호와 비밀번호를 불러준 후 휴대폰을 끊었다.

이어서 권보영이 메모한 종이를 받아 세 쪽으로 자르고 각각의 종이에 차동희, 최창식, 심재철이라고 이름을 적었다.

다들 선우가 무엇을 하는지 몹시 궁금한 표정으로 그를 주시하고 있다.

하지만 차동희가 말한 '천만 달러를 달라'는 요구를 실행하고 있을 것이라고는 전혀 생각하지 않았다. 현실적으로 불가능한 일이었기 때문이다.

선우는 세 장의 쪽지를 차동희와 최창식, 심재철 앞에 내려놓으며 말했다.

"세 사람 가상 계좌에 약속한 돈을 입금했으니까 한번 확인해 보시오."

"······."

세 사람은 손에 쥐고 있는 종이쪽지와 선우 얼굴을 번갈아 쳐다보며 어리둥절한 표정을 지었다. 종이쪽지를 하나씩 주고 그게 미화 천만 달러와 5백만 달러, 3백만 달러라고 하니 믿을 사람이 없다.

"그거이 무시기 소리요?"

"중국 공상은행에 당신들 계좌를 열어서 약속한 돈을 넣었다는 말이오."

북한에는 계좌라든지 계좌 이체, 가상 계좌 같은 개념이 전혀 없기 때문에 차동희 등은 그저 어리둥절할 뿐이다.

하지만 차동희 정도 되는 인물은 계좌 이체라는 말 정도는 알고 있다.

심재철이 애매한 표정으로 말했다.

"무슨 말씀이신지 모르갔습다. 공상은행에 돈을 넣으셨다는 거이 무슨 뜻임까?"

"중국 베이징 지점 공상은행에 전화해서 안내 멘트에 따라 그 종이에 적힌 계좌 번호와 비밀번호를 입력하면 거기에 입금된 돈의 액수를 말해줄 것이오."

심재철은 고개를 절레절레 가로저었다.

"평양에서는 손전화로 국제전화가 안 됩다. 그리고 장거리 전화는 전화 교환소에서 해주는데 그거이 누가 어디로 전화를 했는지 다 기록이 남습다."

선우는 엷은 미소를 지었다.

"당신들 손전화로 지금 공상은행 베이징 지점에 해보시오. 국제전화가 될 거요. 그리고 절대 기록이 남지 않소."

현재 스포그 통신위성이 선우가 있는 위치에서 인터넷과 국제전화가 되도록 만들었다.

차동희 등이 자신의 휴대폰으로 베이징에 전화를 하면 선우의 휴대폰이 임시 기지국 역할을 하게 되는 원리이다.

선우는 아까 기억해 둔 중국 공상은행 안내 전화번호를 종이에 적어 내밀었다.

"그 번호 누르면 되오."

차동희와 최창식은 테이블에 놓인 전화번호를 흘끔거리면서도 선뜻 휴대폰을 꺼내지 않았다.

"제가 해보갔습다."

심재철이 과감히 휴대폰을 꺼냈다.

"어떻게 하는지 가르쳐 주시라요."

"스피커폰으로 하시오."

"고거이 뭐임까?"

"모두 듣게 하시오."

"아……."

심재철은 중국제 휴대폰의 스피커폰을 누르고 자기 앞에 놓고는 선우를 쳐다보았다.

"여기 이 번호를 누르시오."

선우는 테이블에 놓인 베이징 지점 중국 공상은행 ARS 전화번호를 가리켰다.

그러자 스피커폰에서 중국어 멘트가 흘러나왔다.

중국어에 능통한 차동희가 말했다.

"샤프를 누르라는데 샤프가 뭐이오?"

"여길 누르시오."

선우가 휴대폰의 샤프를 가리켰다.

띠이.

심재철이 누르고 나자 멘트가 나오고 차동희가 또 번역했다.

"2번 눌러라."

꾹.

"8을 두 번 눌러라."

띠이, 띠이.

"계좌 번호를 누르라는데……."

선우는 심재철 이름이 적힌 종이쪽지의 계좌 번호를 가리켰다.

"이게 심재철 당신 계좌 번호요."

"비밀번호를 누르란다."

계좌 번호 이후에 비밀번호를 누르라는 멘트가 나오자 차동희가 번역했다.

심재철이 종이쪽지의 비밀번호를 최종적으로 누르자 잠시후 중국어 멘트가 나왔다.

중국어를 모르는 심재철과 최창식은 무슨 내용인지 몰라서 멀뚱한 얼굴인데 차동희가 크게 놀라서 중얼거렸다.

"너 이름이 심재철이니?"

"그렇습다, 국장 동지."

"네 계좌라는 것에 1,957만 위안 들어 있다고 하누만."

"……"

너무 놀라서 심재철이 하얗게 질리는 걸 슬쩍 보고 선우가 설명했다.

"그 돈을 공상은행 평양 지점에서도 찾을 수 있소. 비밀 계좌이기 때문에 그것에 대해서 은행 직원은 절대로 외부에 발설하지 못하오. 만약 발설하면 중국 제일의 은행인 공상은행의 신용은 땅에 떨어지는 것이오."

선우는 차동희와 최창식에게도 각자의 휴대폰으로 확인해 볼 것을 권했다.

"두 분도 확인해 보시오."

자신들의 계좌에 미화 천만 달러와 5백만 달러, 3백만 달러가 들어 있으며, 그 돈을 평양이든 중국이든 어디에서라도 찾을 수 있다는 사실을 알게 된 차동희와 최창식, 심재철은 그야말로 날개를 단 것처럼 신바람이 났다.

선우는 여전히 옵서버처럼 한 걸음 뒤로 물러나 있고, 권보영과 차동희는 의논을 했으며, 최창식과 심재철은 부지런히 뭔가를 받아 적었다.

그러고는 어떤 사항에 대해서 결정을 내려야 할 때 선우를 보면서 동의를 구했다.

권보영과 차동희가 심사숙고하는 것은 두 가지다.

현재 북한 권력을 잡고 있는 최중희와 그 일당을 어떻게 한꺼번에 쓸어내느냐는 것.

그리고 최중희를 쓸어내고 권좌에 앉힐 박형옥을 보좌할 인물들을 선별하는 일이다.

차동희가 신음 소리를 냈다.

"이거이 너무 많구만기래."

최중희 일당을 한 명씩 추리다 보니 굵직한 대가리급만 무려 18명이나 됐다.

차동희는 권보영과 최창식을 번갈아 쳐다보았다.

"이것들을 하루 만에 모조리 제거해야 하는데, 어디 그럴 수 있갔소?"

현재 이들 중에서 가장 큰 힘을 발휘할 수 있는 사람이 최창식이다. 그는 보위부 평양여단장으로 3,000명의 보위요원을 거느리고 있다.

국가안전보위부는 제1국에서 제8국까지 있는데 평양여단은 별도의 특수부대로서 평양만을 담당한다.

인민무력부 정찰총국 산하 35국장인 권보영과 역시 인민무력부 대외협력국장 차동희는 군대가 아닌 전문 요원들을 거느리고 있으며 각각 약 300명이다.

그리고 호위총국 휘하의 심재철이 70명을 거느리고 있지만 그들이 힘이 되어줄지는 미지수다.

차동희의 말에 권보영과 최창식, 심재철은 아무 말도 하지 못하고 골똘히 생각에 잠겼다.

그렇지만 아무리 생각을 거듭해도 하룻밤에 18명이나 되는 거물을 동시에 제거한다는 것은 사실상 무리다.

그 18명이 하나같이 거물들이라 경호가 삼엄해서 그들 중에 몇 명을 제거하는 일조차 쉽지 않았다.

모두가 전전긍긍하고 있을 때 선우가 넌지시 한마디 했다.

"이러는 게 어떻겠소?"

모두 자신을 쳐다보자 선우는 자신의 의견을 얘기했다.

"먼저 통신국을 장악해서 최중희 일당이 서로 전화와 무선통신을 하지 못하도록 만들어야 하오."

"평양을 먹통으로 만든다는 말이오?"

"그렇소. 그렇게 하면 누가 당했는지 서로 모를 거 아니겠소? 그러면 이쪽에서 충분한 시간을 갖고서 일당을 제거할 수 있을 것이오."

최창식이 이견을 제시했다.

"그러면 우리끼리는 어떻게 교신을 함까? 우리가 서로 교신을 못 하면 엉망이 되고 말지 않갔슴까?"

선우는 자신의 휴대폰을 들어 보였다.

"우리 편은 모두 내 채널을 사용하면 되오."

"그기 무시기 뜻임까?"

선우는 자신의 휴대폰 번호를 종이에 적었다.

"모두 나한테 전화해 보시오."

권보영이 제일 먼저 전화했다.

선우는 전화를 받은 다음 끊었다.

"됐어. 이제 당신 휴대폰은 내 휴대폰에 등록됐으니까 평양
통신국하고는 상관없이 통화가 가능할 거야."

최창식과 심재철, 차동희가 연이어서 선우에게 전화를 했고
선우는 받았다가 끊었다.

"나하고 통화를 한 사람들끼리는 서로 통화가 가능하오. 번
호는 기존의 것을 계속 쓰면 되오."

심재철이 최창식 휴대폰 번호를 눌렀다.

"제가 형님한테 전화하갔슴다."

최창식 휴대폰이 울렸고, 두 사람은 우스갯소리를 주고받
은 다음 끊었다.

"어떻게 그거이 가능한 거요?"

"내 손전화가 통신국이 된 것이오."

"그게 가능하오?"

"가능하오."

차동희 등은 선우를 외계인 보듯 했다.

그러나 권보영은 선우가 한없이 자랑스러웠다.

밤 12시가 넘었다.

이곳 식당의 의심을 받지 않으려고 이따금 요리와 술을 주문하고 실내에 설치된 음향기기도 크게 틀었다.

계획을 짜는 일은 착착 순조롭게 진행되었다.

하지만 난제가 없는 것은 아니다. 북한 최고 실력자 세 명을 제거하는 일이 녹록하지 않았다.

최중희와 이영국, 남원홍이다.

북한 최고 실권자 최중희는 노동당 중앙위 부위원장 겸 국방위원이며 당비서를 맡고 있다.

노동당 중앙위 위원장이며 국방위원장인 김정은에 이어서 제2인자인 것이다.

이영국은 별 다섯 개인 원수 바로 아래 차수라는 계급이며, 총참모장 겸 당 군사중앙위 부위원장의 지위인데 서열 3위다. 총참모장은 한국의 국방장관에 해당한다.

서열 4위인 남원홍은 인민무력부 부장이며 차수의 계급이고 한국의 합참의장이라고 할 수 있다.

이들 세 명을 그냥 아무렇게나 쏴 죽이는 일이라면 어렵지 않은데 쥐도 새도 모르게 제거해야 하기 때문에 어려운 것이 다.

"경호가 너무 강하오."

차동희가 고개를 절레절레 흔들었다.

지켜보고 있던 선우가 이번에도 개입했다.

"정면으로 돌파하면 어떻소?"

"그거이 뭡니까?"

"암살하거나 침투해서 제거하는 게 아니라 최중희를 비롯한 18명 모두를 보위부가 반역죄로 체포하는 것이오."

모두의 얼굴에 놀라움이 떠올랐다.

"김정은의 명령인 것처럼 하는 것이오. 보위부라면 가능한 일이지 않겠소?"

모두 최창식을 쳐다보았다.

최창식이 강인한 표정으로 주먹을 굳게 쥐었다.

"차라리 그 방법이 훨씬 좋습다. 보위부는 공화국의 군대나 보안부 위에 있으니까 가능합다."

차동희가 물었다.

"경호대가 불응하면?"

최창식이 상관없다는 듯 간단하게 대답했다.

"무력으로 진압하면 됩다."

최창식은 선우를 보면서 속이 시원하다는 듯이 두 팔을 벌리며 웃었다.

"하하하! 그케 간단한 거이 속을 썩였구만요."

권보영과 차동희는 박형옥을 찾아가서 설득하기로 했다.

그리고 선우는 김정은을 납치하고 감금한 세력 마현가를 맡기로 했다.

거사 일은 이것저것 세심하게 다 살피고 맞춰본 후에 3일 후로 결정했다.

보통강 구역 청년거리의 이주광 집으로 돌아오자 새벽 세 시가 넘었는데 이주광이 자지 않고 기다리고 있다.

"어딜 다녀오셨습니까?"

별채 거실에 선우와 권보영, 이주광이 둘러앉았고, 연나운이 차를 가져왔다.

"사람들을 좀 만났습니다."

선우는 이주광에게 깊은 얘기는 하지 않았다.

"터터우께서 매우 궁금해하십니다."

"내가 형님께 전화해 보겠습니다."

"평양에선 휴대폰으로 국제전화가 안 됩니다."

"내 건 됩니다."

선우는 이주광과 연나운에게도 자신의 휴대폰으로 전화하라고 얘기했다.

"이제 두 분 전화는 국제전화가 가능하고 절대 추적이 되지 않을 겁니다."

"호오……."

정필하고 한 번 통화하려면 매우 까다로운 방법을 거쳐서 장거리 전화를 하던 이주광은 자신의 휴대폰을 만지작거리면서 신기하단 표정을 지었다.

"기럼 남조선에 있는 우리 가족하고도 연락이 됨까?"

연나운이 잔뜩 기대 어린 표정으로 물었다.

선우가 고개를 끄떡였다.

"물론입니다. 지금 해보세요."

연나운은 두근거리는 가슴으로 버튼을 눌렀다.

제38장
대동강의 기적

이주광이 본채로 돌아가고 나서 선우는 연길의 정필에게 전화를 했다.

신호가 세 번쯤 울렸을 때 정필이 전화를 받았으며, 자다가 일어났을 텐데도 목소리가 청아했다.

—선우야, 어떻게 됐니?

정필로서는 아마 그게 제일 궁금했을 것이다. 정필은 선우가 북한 내부의 정세를 살피러 평양에 직접 들어간 것이라고 알고 있다.

선우는 어젯밤부터 오늘 새벽까지 이어진 권보영, 차동희 등과의 마라톤 회의 끝에 내려진 결론에 대해서 정필에게 자세히 설명했다.

선우의 설명을 다 듣고 난 정필은 매우 놀랐다. 북한 정세를 알아보려고 평양에 간 선우가 난데없이 북한 정권의 전복과 교체를 획책하고 있기 때문이다.

그렇지만 결과적으로 선우의 선택은 옳은 일이다. 누군가 언젠가는 반드시 해야만 할 일인 것이다.

정필은 놀라움을 삭이고 2분 정도 침묵을 지킨 후 나직한 목소리로 말했다.

―내 생각인데, 최중희를 몰아내고 박형옥을 권좌에 앉히는 것은 좋지 않은 것 같다.

"왜 그렇습니까?"

―박형옥은 남북통일을 이끌어낼 만한 인물이 아냐. 그는 평화주의자가 맞지만 매우 소심한 성격이다. 그가 어째서 김정은에게 숙청당했는지 아니?

"세력을 키우다가 그렇게 된 것 아닙니까?"

선우는 권보영과 차동희에게 들은 대로 대답했다.

―아냐. 박형옥의 성격이 물에 술 탄 듯 술에 물 탄 듯 우유부단해서 김정은의 강한 성격하고 맞지 않았던 거지. 김정은은 자신을 지지해 줄 사람이 필요한 거지 눈치만 보는 사람은 질색이었거든.

"아……."

―박형옥은 지나치게 온건주의자야. 그는 평소 남북통일을 이루는 것이 꿈이었지만 자신이 주동해서 거사를 치르게 되면 무조건 뒤로 빠질 인물이야. 남북통일이라는 거사를 이끌어낼 만한 인물이 아니다. 그를 내세우면 분명히 나중에 후회하게 될 거야.

선우의 난데없는 거사 준비에 정필은 말이 많아졌는데 그럴 수밖에 없었다.

정필이 중국 연길에 머무는 이유가 북한에서 고통받는 사람들을 구하기 위해서인데 선우가 남북통일을 이루게 되면 북한 사람들을 한꺼번에 구할 수 있기 때문이다.

선우는 심각한 표정을 지었다.

"그럼 형님 생각에는 누가 좋겠습니까?"

정필은 선우와 대화를 하는 중에 생각해 둔 사람이 있었기에 막힘없이 대답했다.

―이영국 아니면 차동희가 좋다.

선우는 움찔 놀랐다.

"서열 3위 총참모장 이영국 말입니까?"

선우와 권보영, 차동희 등은 최고 권력자 최중희와 이영국, 그리고 인민무력부장 남원홍을 최고 요주의 인물로 찍어서 제일 먼저 제거하기로 결정했다.

그런데 정필은 요주의 인물 중 한 명인 이영국을 거사의 중심인물로 삼으라고 조언한다.

더구나 정필은 이번 거사를 함께 의논하고 있는 차동희를 거론했다.

"차동희가 그럴 만한 인물입니까?"

—그래. 차동희는 딱 부러지는 성격인 데다 대단한 야심가에 공명심이 강해서 큰일을 하는 데 제격이지. 그리고 이영국은 나하고 친해.

"네?"

—이영국은 내 편이라고 할 수 있어. 그래서 그를 거론한 거야. 그를 권좌에 앉히면 일을 하는 데 수월할 거야. 하지만 뒷심이 없어. 차동희가 제격이긴 한데 이렇다 할 세력을 갖고 있지 않아서…….

조용한 상태라서 정필의 말이 권보영에게까지 들렸다.

—선우야, 잘 생각해 봐라. 네가 하려는 일은 한 치의 실수라도 있으면 안 된다. 잘못했다고 해서 두 번, 세 번 반복할 수도 없는 일이야.

"알겠습니다. 다시 한번 심사숙고하겠습니다, 형님."

—그리고 혜주 있잖으냐.

"혜주가 왜요?"

선우는 혜주에게 무슨 일이 생긴 줄 알았다.

―혜주 아버지 좀 찾아보지 않겠느냐?

선우는 가슴속에서 쿵 하는 소리가 났다.

그는 혜주 아버지가 20년 전에 정치범수용소에 끌려갔다가 그 이후 죽었다는 얘기를 들은 적이 있다.

"혜주 아버님이 아직 살아 계십니까?"

―그걸 네가 알아봐야지. 내가 20년 전부터 몇 년에 걸쳐서 북한 내의 정치범수용소를 샅샅이 찾아봤지만 못 찾았다. 죽었다는 소문이 있었지만 확인된 것은 아니었어.

"그렇습니까?"

―하지만 너는 거기 평양에서 보위부의 서류를 열람할 수 있을 테니까 생사 여부에 대해서 알아볼 수 있을 거야. 만에 하나 살아 있으면 어디에 계시는지만 알아내라. 그러면 모시고 나오는 것은 내가 하마.

"알겠습니다."

―혜주 아버지 이름은 민성환이고, 20년 전에 함경북도 청진시에 있는 태평무역회사 사장 겸 총정치국 소속 대좌(대령)였다. 살아 계시다면 올해 76세다. 부탁한다.

"최선을 다하겠습니다."

혜주 아버지라면 선우에겐 장인어른이라고도 할 수 있다. 아니, 군이 장인과 사위의 관계가 아니더라도 민성환은 신강가 팔대호신가 민영가의 가주 신분이니 반드시 생사를 알아내고 살아 있다면 무슨 일이 있어도 구해야 한다.

선우는 북한 내부 깊숙이까지 들어와서도 미처 혜주 아버지까지는 신경 쓰지 못하고 있었는데 정필이 시기 적절하게 잘 말해주었다. 하마터면 큰 실수를 할 뻔했다.

─그리고 거사는 신중을 기해야 한다. 위엔씬 형님께서 중국 총서기에 오르시면 네가 이룬 북한의 새로운 정권을 전폭적으로 지지하실 거야.

"감사합니다, 형님."

─고맙기는… 나하고 위엔씬 형님은 너에게 죽어도 갚지 못할 은혜를 입었다. 절대로 잊지 않으마.

"형님, 그런 말씀을 하시면 섭섭합니다. 우리가 남 같다는 생각이 듭니다."

─그러냐? 하하, 고맙다!

정필은 명랑하게 웃었다.

위엔씬이 중국 최고 권력자인 국가주석이 될 수 있도록 선우가 1,000억 위안, 한화로 17조 원, 미화 151억 달러라는 어마어마한 정치 자금을 대기로 했으며, 혜주가 회장으로 있는 글로벌 코스모스금융에서 이미 착수금으로 수억 위안을 은밀하게 착착 송금하고 있는 중이다.

한꺼번에 1,000억 위안 전액이나 혹은 1,000억 위안을 몇 개로 나누어서 위엔씬에게 송금하면 그 즉시 중국 금융 시스

템에 걸려들어 위엔씬이 구속되고 말 것이다.

혜주는 코스모스금융에서 안전하게 세탁해 둔 돈을 정필을 통해서 중국 내에 반입하고 있었다. 정필은 큰 사업체를 여러 개 운영하고 있으므로 수억 위안쯤 반입하는 것은 별문제가 아니다.

어쨌든 몇 달 후 위엔씬이 중국 국가주석의 자리에 오르기만 한다면 선우가 일으켜 세운 북한 정권을 전폭적으로 지지하는 것은 당연한 일이다.

—나는 널 믿는다. 그 일이 성공한다면 너는 대한민국 역사에 길이 남을 인물이 될 거야.

정필은 굳건한 믿음을 주면서 전화를 끊었다.

선우는 권보영을 쳐다보았다.

"들었지?"

"네."

"어떻게 생각해?"

권보영의 표정은 진지했다.

"그분 말씀이 맞습니다. 박형옥은 지나치게 온건하고 최고 권력에 오를 만한 인물이 못 됩니다."

권보영은 선선히 인정했다.

"우리가 너무 성급했습니다. 박형옥은 거사를 치를 만한 인물이 아닙니다. 내가 잘못 생각했습니다."

맞은편에 앉은 선우가 그녀를 위로했다.

"이건 당신 잘못이 아냐. 우리 모두 성급했어. 분위기에 휩쓸린 거지."

권보영은 몹시 시무룩했다.

"지금이라도 바로잡으면 돼. 잘 생각해 봐. 당신 생각에는 이영국과 차동희 중에 누가 적임자야?"

권보영은 찻잔을 만지작거리면서 한동안 생각에 잠겼다가 진지하게 말했다.

"이영국이 최정필 씨 사람일 줄은 몰랐습니다. 인민무력상 이영국이라면 현재 서열 4위니까 지위로든 세력으로든 딱 제격입니다. 그렇지만 그분 말씀처럼 뒷심이 달려서리……."

이영국이라면 모든 조건이 맞는데 뒷심이 달린다. 그건 문제다. 남북통일을 밀어붙이다가 중요한 시점에 틀어져 버리면 그것만큼 낭패가 없다.

반대로 차동희는 이영국 같은 막강한 지위와 세력이 없지만 결집력과 추진력은 압권이다.

또한 차동희를 완벽하게 선우의 사람으로 만들면 장차 일을 진행하는 데 문제가 없다.

"보영아."

"네, 말씀하시라요."

"둘을 다 쓰면 어떨까?"

"어케 말임까?"

권보영이 어리둥절한 표정을 지었다.

선우의 표정이 진지해졌다.

"이영국을 서열 1위, 차동희를 서열 2위로 만드는 거야."

"……"

권보영의 눈이 커진 것만 봐도 그녀가 얼마나 놀라고 있는지 알 수가 있다.

"그래서 두 사람을 쌍두마차로 만드는 거지. 이영국이 부족한 부분은 차동희가 메우고 반대로 차동희의 부족함은 이영국이 채우는 거야."

권보영은 선우의 난데없는 발상을 이해하는 데 어느 정도 시간이 필요했다.

"그거이 좋은 방법이기는 한데 둘이 잘 지내면 괜찮지만 둘 어뜯고 싸우면 어캅니까?"

선우는 그 둘을 조절하는 역할을 권보영이 해줘야 한다고 생각했지만 그걸 입 밖에 꺼내지는 못했다. 그녀는 북한의 일이 끝나면 선우를 따라서 대한민국으로 갈 거라고 굳게 믿고 있을 것이기 때문이다.

"최창식이 어떨까?"

그래서 속으로는 완충 역할을 해줄 사람이 권보영이라고 생각하면서도 입으로는 최창식이라고 튀어나왔다.

최창식은 어젯밤부터 선우, 권보영 등과 함께 거사를 논의한 원년 멤버 중의 한 명이다.

그리고 그는 보위부 평양여단장이고 계급은 대좌 권보영의 측근이다.

"최창식을 승진시키는 검까?"

"그래야지."

"최창식을 보위부장으로 승격시키면 이영국하고 차동희를 견제하면서리 조율하는 거이 가능할 검다. 그거이 좋은 생각 같습다."

"어… 그런가?"

선우는 건성으로 최창식을 거론했다가 권보영의 말을 들어 보니 그것도 그럴듯했다.

권보영이 휴대폰을 꺼내는 걸 보고 선우가 물었다.

"누구한테 전화하게?"

"최창식임다."

지금 시간이 새벽 4시 20분이다.

그런데 권보영이 전화를 하자마자 최창식이 받았다. 자지 않고 있던 모양이다.

하긴 몇 시간 전에 그런 대단한 모의를 했는데 잠이 오면 정상이 아닐 것이다.

권보영이 최창식과 잠시 통화를 하더니 선우를 쳐다보았다.

"최창식더러 오라고 했더니 차가 없다고 나더러 오라고 함다. 어캅니까?"

보위부 평양여단장이라고 해도 군용차는 있을지언정 개인 자가용은 없는 모양이다. 이 시간에 택시도 없을 테니 당연히 오지 못할 것이다.

"가자."

선우는 일어나서 상의를 걸쳤다.

생각해 보니 최창식을 이용하는 것도 방법 중의 하나였다.

권보영에 대한 최창식의 충성도는 의심할 여지가 없으니 그가 딴생각을 할 리는 없다.

이영국이든 차동희든 최창식이든 이번 거사의 배후에는 권보영이, 그리고 그 뒤에는 선우가 버티고 있기 때문에 그녀의 위상이 매우 중요해졌다.

선우는 권보영이 운전하는 구형 벤츠를 타고 최창식이 살고 있는 아파트로 갔다.

최창식이 사는 아파트는 평양 시내 천리마대로 옆 동성동에 있는데 군 간부들이 모여 사는 지역이다.

원래 꼬장꼬장하고 법대로 사는 최창식이라서 부정 축재하고는 거리가 멀어 사는 형편이 좋지 않았다.

평양에서 최창식 정도의 지위면 떵떵거리지는 못해도 남부

럽지 않게 살 텐데 25평 남짓한 평범한 아파트에 사는 걸 보면 그의 성품이 어떤지 잘 알 수 있다.

권보영은 아파트로 진입하는 도로 어귀에 벤츠를 세우고 아파트까지 200m 거리를 걸어서 들어갔다.

이른 새벽이지만 최고급 승용차인 벤츠가 동네 사람들 눈에 띄어 좋을 게 없었다.

대한민국 서울의 서민 아파트처럼 생긴 5층짜리 아파트 여섯 동이 두 줄로 이어져 있는 아파트 단지다.

최창식은 아파트 단지 입구에 나와서 기다리고 서 있다가 선우와 권보영을 반갑게 맞이해 집으로 안내했다.

최창식의 아내 손영숙은 난데없는 귀한 손님의 새벽 방문에 너무 놀라서 정신이 없는 것 같았다.

방 두 칸에 작은 거실이 하나, 그리고 거실 옆에 딸린 주방이 전부인 아파트 거실 바닥에 선우와 권보영이 앉았고, 집주인 최창식과 아내 손영숙은 어쩔 줄 모른 채 서서 전전긍긍하고 있다.

"야아, 이거이 뭘 어드러케 대접을 해드려야 하는지… 저희가 워낙 사는 거이 빈궁해서리……."

당황한 최창식은 두 손을 비비면서 서 있다가 애꿎은 아내를 닦달했다.

"뭐 하고 서 있니? 날래 과일이라도 깎으라우."

그러나 손영숙은 허둥지둥할 뿐 깎으라는 과일을 깎지 않았다. 아니, 못했다.

사다 놓은 과일이 없기 때문이고, 원래 과일 같은 사치품을 살 형편이 못 되기 때문이다.

"술 있니?"

권보영이 툭, 하고 묻자 최창식이 당황해서 대답했다.

"그거이… 들쭉술이 있습다만……."

"그거라도 김치하고 내오라. 맨 정신으로는 이거이 얘기 못하갔어."

*　　　　　*　　　　　*

거실 한복판에 밥상이 놓였고, 그 위에 손영숙이 급히 만든 두부조림과 김치, 나물 하나, 그리고 북한의 대표적인 술 들쭉술 한 병이 놓였다.

"임자는 들어가라우."

최창식이 아내 손영숙에게 말하자 권보영이 손을 저었다.

"영숙이 너도 여기 와서 앉아라."

손영숙은 예전에 보위부 소속이었는데 자신의 직속상관 권보영의 소개로 최창식을 만나 결혼했다.

지금은 최창식의 아내로서 아이 둘 낳은 주부지만 한때는 권보영이 가장 신뢰하는 부관이었다.

최창식이 두 손으로 권보영에게 먼저 술을 따르려고 하자 그녀가 발끈했다.

"너래 죽고 싶니?"

"아, 죄송함다."

최창식은 선우에게 먼저 술을 따라야 한다는 사실을 깨닫고 화들짝 놀랐다.

선우가 한 잔을 받아서 단숨에 마시자 권보영이 손영숙에게 턱짓했다.

"영숙이 너도 한 잔 올리라우. 이분은 내 남편이시다."

손영숙이 소스라치게 놀라며 벌떡 일어서더니 그대로 무릎을 꿇고 선우에게 두 손으로 술을 따랐다.

"손영숙임다. 예쁘게 봐주시라요."

자그마하고 아담한 체구에 화장기 하나 없는 뽀얀 얼굴의 손영숙은 선우가 술을 마시고 잔을 내려놓는 동작 하나하나를 조심스럽게 살피고는 권보영에게 말했다.

"대장 동지 바깥분께선 정말 헌앙하시고 잘생기셨습다."

권보영이 흡족한 미소를 짓는 걸 보고 최창식이 침을 튀기면서 거들었다.

"잘생기기만 하신 줄 아니? 너래 에미나이 이분이 어떤 분인지 알면 졸도할 기야."

서른네 살에 깨물어주고 싶을 정도로 귀여운 용모의 손영숙은 두 손을 맞잡고 권보영에게 말을 하면서도 선우에게서 시선을 떼지 않았다.

　"어쩌면 저렇게 훌륭한 분과 결혼을 하셨는지… 저는 대장 동지가 부러워 죽갔슴다."

　권보영하고 자매처럼 흉금을 터놓고 지내던 손영숙인지라 내심을 거리낌 없이 말했다.

　권보영이 기분이 좋아져 손영숙의 엉덩이를 소리 나게 때렸다.

　찰싹!

　"영숙이 너래 꿈도 꾸지 말라우."

　손영숙이 엉덩이를 쓰다듬으며 종알거렸다.

　"꿈만 꾸는 거이 무슨 잘못임까?"

　최창식이 험상궂은 표정을 지었다.

　"야, 이 에미나이 무슨 꿈을 꾼다는 거이야?"

　손영숙이 묘한 표정을 지었다.

　"그거이 안 가르쳐 줄 거야요."

　권보영이 엉덩이를 또 한 대 때릴 것처럼 손을 치켜들자 손영숙이 잽싸게 선우에게 찰싹 붙었다.

　"어맛? 형부, 언니 좀 말려주시라요!"

　그 모습을 보고 권보영과 최창식이 껄껄 웃었다.

권보영의 설명을 듣고 난 최창식과 손영숙은 기절할 정도로 놀라서 한동안 아무 말도 하지 못했다.

선우와 권보영은 입을 다물고 두 사람이 정신을 차릴 때까지 지켜보기만 했다.

한참 만에 최창식이 신음하듯이 말했다.

"대장 동지 명령이시라면 하갔슴다."

"해야지."

"하갔슴다."

손영숙은 얼마나 놀랐는지 두 손으로 옆에 앉은 선우의 팔을 붙잡고 가늘게 떨고 있다.

선우는 손영숙이 권보영하고 자매처럼 가까운 사이라는 것을 알고부터는 그녀를 격의 없이 대했다.

권보영이 진지하게 말했다.

"남북통일이 되면 다 최창식이 너의 공로야. 그거이 잘 알고 서리 열심히 하라우."

"저는 대장 동지만 믿갔슴다."

"나를 믿지 말고 우리 나그네를 믿으라우."

최창식이 선우를 바라보았다. 그가 생각하기에도 권보영을 움직이는 것은 선우였다. 선우야말로 남북통일을 이룩하려고 하는 진짜 배후이고 실세였다.

최창식이 무릎을 꿇고 선우에게 깊이 고개를 숙였다.

"목숨을 걸고 충성하갔습다."

최창식은 아까 집에 돌아오자마자 손영숙에게 류경관에서 선우, 권보영 등과 있었던 일을 하나도 빠짐없이 자세히 설명했다.

보통 남편들은 그런 중대한 일을 아내에게 얘기하지 않지만 손영숙은 특별한 사람이라서 최창식은 밖에서 있었던 일을 집에 돌아오면 언제나 아내에게 얘기하고 의논했다.

손영숙은 권보영의 부관이었기 때문에 매우 총명하고 사리 분별이 정확해서 최창식이 어떻게 해야 하는지 나아갈 길을 제시해 주었다.

그렇기 때문에 권보영은 최창식이 집에 돌아가서 손영숙에게 모든 얘기를 다 할 것이라고 짐작했다.

손영숙은 최창식에게 선우가 세계 최고의 부자라는 말을 듣고 그가 어떤 사람인지 매우 궁금했다.

그런데 막상 선우를 직접 보니 그가 세계 최고의 부자라는 사실을 떠나서, 옛 상관이던 권보영의 남편이라는 사실을 잊게 만들 정도로 매력적인 남자였다.

사실 공산주의 체제에서 사는 사람들은 세계 최고의 부자라는 것이 무엇인지 잘 상상이 가지 않는다. 그런 점에서는 손영숙도 예외가 아니었다.

"최창식 씨에게 부탁이 있소."

선우의 말에 최창식과 손영숙이 동시에 펄쩍 뛰었다.

"황송하게 부탁이 무시기 말씀임까? 명령만 하시면 즉각 행동하겠습다."

"그래요, 형부. 나이도 이 사람보다 연배인 것 같은데 말씀도 낮추시라요."

선우는 잠시 가만히 있다가 벌떡 일어났다.

"화장실이 어디요?"

"……."

"변소가 어디 있냐는 말이다."

"아!"

권보영의 말에 손영숙이 발딱 일어나서 선우에게 화장실을 안내했다.

선우는 화장실에서 가짜 수염을 떼고 깨끗하게 세수하여 가짜 주름살을 다 지우고 나왔다.

화장실 앞에 서서 선우가 나오기를 기다리고 있던 손영숙은 그의 실제 모습을 보고는 그 자리에 얼어붙었다.

"아아……."

45세 정도의 나이로 변장했을 때의 모습도 반해서 쓰러질 정도로 멋있었는데 24세 절세미남의 모습을 되찾은 선우를 본 손영숙은 눈을 커다랗게 뜨고 그를 바라보기만 할 뿐이다.

그녀는 선우가 조금 전에 화장실에 들어간 그 사람이라는 생각이 들지 않았다.

그 사람은 아직 화장실 안에 있고 다른 사람이 나온 것이라고 생각했다.

선우는 엷은 미소를 지었다.

"이게 원래 내 모습이오."

선우는 믿고 따르는 사람들에게는 자신의 본모습을 보여줘야 한다고 생각했다.

다시 자리에 앉은 선우는 최창식과 손영숙을 보며 말했다.

"이게 내 원래 모습이고 이제 겨우 스물네 살이니까 반말을 하라고 말하지 마시오."

한차례 호되게 놀라고 난 최창식과 손영숙은 선우의 말에도 자신들의 뜻을 굽히지 않았다.

"위원장 동지는 나이가 많아서리 사람들이 높임말을 하고 존경하는 거임까?"

"맞슴다. 존경을 받을 만한 인물이면 거기에 맞게스리 우대를 해야 하는 거임다."

부창부수, 최창식 부부는 그 점에 있어서만큼은 조금도 양보하지 않았다.

결국 선우는 그들 부부에게 하대를 해야만 했다.

긴 얘기를 끝내고 최창식의 집을 나설 때 선우는 손영숙에게 백 달러짜리 지폐 한 묶음을 주었다.

만 달러, 위안화로 6만 5천 위안이다.

"이, 이거이……."

선우는 이주광의 집을 나서기 전에 최창식 집이 가난하다는 말을 듣고 따로 만 달러를 챙겼다.

큰일을 도모하는 사람이 빈궁해서는 안 된다는 것이 선우의 생각이다.

손영숙은 두 손의 지폐 뭉치와 선우를 번갈아 쳐다보며 놀라는 표정을 지었다.

"이, 이거이 뭡니까?"

선우는 손영숙의 어깨를 토닥였다.

"달러야. 우선 그걸로 살림에 보태 써."

아까 최창식과 손영숙은 끝끝내 고집을 피워서 선우가 자신들에게 말을 놓도록 만들었고, 권보영도 그것에 찬성했다.

손영숙은 평양의 부유층이 달러를 사용한다는 소문을 듣기는 했어도 실제로는 한 번도 본 적이 없어서 달러라는 것이 생소하기만 했다.

권보영이 손영숙의 손바닥에 놓여 있는 달러 뭉치를 가리키면서 설명했다.

"이거이 만 달러인데 중국 돈으로 6만 5천 위안이야."

"……."

"이거 한 장이 100달러이고 중국 돈 652위안, 조선 돈 100만 원이니끼니 알아서 잘 사용하라우."

"저, 저는……."

2017년 통계상으로 북한 인구 2천만 명 중에서 달러를 10만 달러 이상 갖고 있는 사람이 4만여 명이라고 했다.

그들이 바로 1인분에 50달러씩 하는 스테이크나 바비큐 요리를 아무렇지도 않게 먹을 수 있는 평양의 특권층이다.

현재 평양에서 쌀 1kg의 공식 가격은 5천 원이며, 노동자 한 달 월급이 2,500~3,500원이다. 한 달 월급으로 쌀 1kg도 살 수 없다는 뜻이다.

그렇기 때문에 사람들은 먹고살기 위해서 무슨 짓이라도 해야만 하고, 그렇게 해서 생겨난 것이 특권층이다.

하지만 특권층은 극소수에 불과하고 대부분의 주민은 중국을 오가면서 보따리 장사를 하거나 농작물을 내다 팔아 푼돈을 벌어 입에 풀칠이나 하는 게 고작이었다.

중국을 오가면서 장사를 하는 것도 국경 지역에서나 가능한 일이고 평양 시민은 공식적으로 당이 지정해 준 일 외에는 절대로 해선 안 된다.

그렇기 때문에 최창식처럼 꼼수에 능하지 못하고 사리사욕을 챙기지 못하는 사람은 자신이 받는 월급과 배급 말고는 수

입이 없기 때문에 생활이 빈궁할 수밖에 없는 것이다.

평양에서의 달러 공식 환율은 1달러에 106원이지만 실제 환율은 1달러에 10,600원으로 엄청난 차이가 있다.

그러니까 1달러면 쌀 2㎏을 사고도 남는다는 얘기이다.

손영숙의 손바닥 위에 있는 지폐 뭉치에서 100달러짜리 지폐 한 장이면 쌀을 200㎏ 이상을 살 수 있으며, 그걸로 한 가족 네 명이 반년은 먹고살 수 있다.

그러니까 만 달러의 가치가 어느 정도인지 짐작하고도 남을 것이다.

"혀, 형부……."

손영숙은 눈물을 폭포수처럼 쏟으면서 선우를 바라보았다.

선우는 고개를 끄떡이고 계단을 내려갔다.

"가겠다."

최창식이 따라 내려오면서 공손히 말했다.

"말씀하신 것은 인차(곧) 알아보갔슴다."

선우는 혜주 아버지 민성환에 대해서 알아봐 달라고 최창식에게 부탁했다.

선우와 권보영은 이주광의 집 별채로 돌아와 씻지도 않고 옷만 벗은 채 침대에 쓰러져 그대로 잠에 곯아떨어졌다.

그리고 보니 중국 국경 도문에서 북한 남양으로 들어온 이후 지금껏 두 사람은 제대로 마음 편하게 두 다리 뻗고 푹 자본 적이 없다.

별채 가정부 연나운은 두 사람을 깨우지 않고 방문 밖에서 몇 번인가 기척을 살피다가 발길을 돌렸다.

따리리.

선우는 손목시계에 맞춰둔 알람에 잠에서 깨어났다.

오늘 마현가 평양 근거지에 찾아가 보고 가능하면 뿌리를 뽑으려고 계획했다.

선우가 일어나려고 하자 팔베개를 하고 있던 권보영이 안겨 들었다.

"발써 일어나심까?"

"응. 갈 데가 있어."

"음, 나그네는 머리 아프지 않슴까? 내는 아까 최창식이 집에서 먹은 들쭉술 때문에 골이 깨질 것 같슴다."

선우는 권보영의 등을 쓰다듬었다. 그녀는 팬티만 입은 채 잠이 들었기에 등은 맨살이라서 매끄러웠다.

"정필 형님이 말씀하신 민성환 씨도 찾아봐야 하고……."

순간 권보영의 몸이 멈칫 굳었다.

"정필이라니… 혹시 연길의 최정필 말임까?"

그녀는 상체를 들어 위에서 선우를 내려다보았다.

"나그네, 말씀해 보기요. 최정필임까?"

그녀의 풍만하고 탱글탱글한 한 쌍의 유방이 선우의 눈앞에서 흔들렸다.

그리고 선우는 그녀의 눈이 매우 초롱초롱하고 맑은 것을 발견했다.

'최면이 풀렸다.'

염려하던 사태가 벌어졌다. 최면이란 원래 일시적인 것이다. 길어야 한두 시간을 넘기지 못하지만 선우의 최면은 특별해서 더 강하고 길게 갈 수 있었다.

그렇다고 해도 한 번 최면을 걸어서 몇 날 며칠씩이나 가지는 못한다.

한 번 최면을 걸면 얼마나 가는지 아직 시험해 본 적은 없지만 길어야 이틀 정도라고 예상하고 있다.

그런데 권보영은 최면이 풀렸음에도 불구하고 여전히 선우를 남편으로 여기고 있었다.

최면이 너무 강하고 또 길었기 때문에 최면 상태와 현실이 중첩(重疊)된 모양이다.

선우는 두 손을 뻗어 권보영의 양 뺨을 잡았다.

"내가 아는 사람은 성이 정이고 이름이 외자로 필이야. 그래서 정필이지."

"그렇슴까?"

권보영은 그제야 배시시 미소 지으며 만족한 표정이다.

그때 선우는 기회를 잡아 그녀의 눈동자를 보면서 다시 한 번 최면을 걸었다.

그러면서 그는 어쩌면 이렇게 자꾸 최면을 걸다 보면 권보영이 최면 상태와 현실을 구별하지 못하게 될지도 모른다는 생각이 들었다.

"음, 이보오, 나그네. 사랑함다."

최면에 걸린 권보영이 선우에게 매달렸다.

연나운은 선우와 권보영이 일어났는지 확인하려고 방문 앞에 서서 안의 기척을 살피려다가 화들짝 놀랐다.

방 안에서 권보영의 숨넘어가는 신음 소리가 크게 흘러나오고 있었기 때문이다.

이건 신음 소리가 아니라 아예 비명이라고 해야 맞는다. 권보영은 나 죽는다고, 사랑한다고, 너무 행복하다고 헐떡거리면서 처절하게 비명을 지르고 있었다.

연나운은 얼굴이 새빨개져서 더 이상 방문 앞에 서 있지 못하고 황급히 도망쳤다.

*   *   *

선우는 연길의 정필 측근 중 변장의 달인에게서 단시간 동안 배운 솜씨를 발휘해 꼼꼼하게 40대 중반으로 변장하고 집을 나섰다.

어제 심재철을 미행하다가 선우에게 제압된 마현가의 조성환이라는 자에게서 알아낸 바에 의하면, 마현가 아지트는 평양 시내 동쪽 금수산 태양궁전 조금 못 가서 평양외국어대학 근처의 한 저택이라고 했다.

만약 마현가 아지트를 습격하게 되면 순전히 선우 혼자 힘으로 처리해야 한다.

힘이 돼줄 수 있는 최창식은 거사를 벌이는 날까지는 함부로 행동하지 말고 내부 단속과 결집에 전력을 기울여야 한다.

거사를 벌이는 이틀 후에 보위부 평양여단 3천 명을 일사불란하게 지휘하려면 미리 각 대대장과 중대장, 소대장들을 철저하게 매수하고 단속해야만 하는 것이다.

또한 심재철은 호위총국 소속이라서 김정은 일가를 호위하는 일만 하니 거사 전까지는 함부로 행동하지 못한다.

거사를 치르고 나면 심재철은 부하들을 이끌고 권보영 편에 가담할 수가 있을 것이지만 지금은 때가 아니었다.

권보영이 운전하는 벤츠는 평양 서쪽 보통강 구역에서 동쪽 평양외국어대학까지 오는 동안 검문을 한 번도 받지 않았다.

일단 평양에서 고급 승용차, 그것도 벤츠를 타고 다니면 도로 곳곳에 서 있는 교통안전원이나 보안원들이 검문하기는커녕 보기만 해도 무조건 경례를 붙인다. 고위층이 타고 있다고 믿기 때문이다.

더구나 이주광의 벤츠는 차 번호가 216으로 시작된다. 그러면 평양 아니라 북한 전역에서 무조건 프리패스다. 군대 아니라 보위부도 감히 차를 세우지 못한다.

김정은의 아버지 김정일 생일이 2월 16일이며, 그가 누군가에게 차를 선물하면 앞 번호를 자신의 생일인 216으로 정하기 때문이다.

김정일에게 직접 외제 승용차를 선물로 받을 정도라면 고위층 아니면 특권층이다. 그런 차를 잡았다가는 무조건 아오지행이라고 보면 된다.

고려호텔 총지배인 이주광은 김정일로부터 벤츠를 선물로 받은 적이 없지만 고위층이 김정일에게 선물 받은 벤츠를 돈을 주고 샀다.

고위층은 권력이 있지만 부유층은 돈이 있다. 이주광은 평양에서도 손꼽히는 부유층이다. 물론 그가 부유층이 된 것은 순전히 정필의 힘이다.

"저기가 어둠의 세력 본거지임까?"

벤츠를 목적지인 저택이 보이는 40m 거리 도로가에 정지한 권보영이 앞창으로 저택을 주시하며 물었다.

"마현가라고 해."

"어둠의 세력이 마현가임까?"

"그래."

선우를 보면서 묻는 권보영이 생글생글 미소를 지었다. 그 모습 어디에서도 붉은 마녀는 찾아볼 수가 없었다.

선우는 조금 긴장이 됐다. 평양의 마현가 아지트는 과연 어떤 형태일지, 그들이 북한에 들어온 마현가의 전부인지, 아니면 또 다른 아지트가 있는지 모를 일이다. 일단 저길 습격해서 알아내야 한다.

권보영은 창문을 조금 열고 담배를 꺼내 입에 물려다가 선우에게 내밀었다.

"여보, 한 대 피우시라요."

선우가 잠시 담배를 바라보다가 말없이 받아서 입에 물자 권보영은 자신도 담배를 입에 물고 라이터를 켜서 공손히 두 손으로 선우에게 내밀었다.

"후우, 여보. 나그네."

"응?"

권보영이 담배 연기를 길게 내뿜고 나서 다정한 눈빛으로 선우를 바라보며 손을 뻗어 그의 허벅지를 쓰다듬었다.

"저는 말입다, 요즘 너무 행복해서리 죽을 것 같습다."

"어째서?"

권보영은 다 알면서 뭘 묻느냐는 듯 크고 아름다운 눈을 살짝 흘겼다.

"나그네를 저한테 보내준 운명에 감사하고 있습다. 나그네만 제 곁에 계시면 저는 정말 행복함다."

"흠."

선우는 권보영을 쳐다보았다. 실제 나이는 46세로 알고 있는데 보기에는 30세 같았다. 주름살 하나 없고 그 흔한 눈가와 입가의 잔주름조차도 없다. 그리고 벌거벗은 탄탄한 몸은 그보다 훨씬 젊다.

그녀가 북한 정찰총국 35국장이고 붉은 마녀라는 사실을 모른다면 그저 눈이 번쩍 떠질 정도의 미녀일 뿐이다.

권보영의 목소리가 꿈을 꾸듯이 달콤해졌다.

"저는 그거이 할 때 정말 숨이 끊어질 것처럼 좋습다."

"그게 뭔데?"

권보영 얼굴이 살짝 붉어지고 눈을 내리까는데 속눈썹이 유난히 길고 우아하다.

선우의 허벅지를 쓰다듬던 그녀의 손이 허벅지 가장 안쪽에 닿았다.

"이거 말입다."

"훗."

그녀의 손이 그것을 만지작거렸다.

"나그네하고 20년 동안 이거를 했을 텐데 어째서리 이제 와서 이거이 이렇게 좋은 건지 모르갔습다."

권보영이 선우하고 20년 동안 부부였다는 것은 최면일 뿐이니 당연한 일이다.

권보영은 담배를 창밖으로 버리고 나서 자연스러운 동작으로 선우의 그곳을 만지작거렸다.

"보영아."

"바깥에서는 차 안이 안 보임다."

그녀는 달콤한 목소리로 말하면서 곱게 그를 흘겼다.

벤츠의 선팅이 너무 짙은 탓에 밖에서 차 안이 보이지 않기는 했다.

마현가의 아지트 저택에는 빙 돌아가면서 곳곳에 CCTV가 설치되어 있었다.

또한 담이 매우 높아서 가까이에서는 저택 안이 전혀 들여다보이지 않았다.

멀리에서도 저택 안 3층 건물의 꼭대기밖에 보이지 않았으나 담이 둘러친 공간이 워낙 넓어서 3층 건물 외에 다른 부속 건물들도 있을 것 같았다.

선우는 멀리에서 저택을 한 바퀴 돌아보고는 다시 벤츠로 돌아왔다.

권보영은 피우던 담배를 창문 밖으로 버렸다.

"어떻습까?"

"감시 카메라로 도배를 해놓은 상태라서 대낮에 잠입하는 건 불가능하겠어."

"기냥 보위부 앞세워서 쳐들어가면 어떻갔습까?"

선우는 권보영의 귀를 살짝 잡아당겼다.

"마현가가 최중희 배후라는 사실을 잊었어?"

"아야!"

붉은 마녀는 아프지도 않으면서 아픈 것처럼 얼굴을 곱게 찡그리며 애교를 부렸다.

"거사 전에 공개적으로 마현가를 치면 최중희 일당이 거기에 대비를 할 거 아냐."

김정은 납치와 감금, 꼭두각시 최중희를 비롯한 현 북한 정권을 세운 배후가 마현가인데 그들을 공개적으로 공격하면 전체 세력이 긴장하게 되고 뭔가 대비를 할 것이다.

그렇게 되면 이틀 후에 있을 거사 때의 일제 공격이 의미가 없어진다.

풀을 건드려서 뱀을 놀라게 한다는 타초경사(打草驚蛇)가 바로 그런 것이다.

선우는 권보영에게 또 하나의 시도를 해보기로 했다.

"보영아."

"네?"

며칠 전만 해도 '보영아'라고 부르면 '여보'라고 부르라던 권보영이지만 이제는 아무렇지도 않은 것 같다. 너무나 행복하기 때문이다. 사람은 행복하면 뭐든지 다 이해할 수 있고 용서할 수 있다.

"당신, 천현가 알지?"

아주 짧은 순간 권보영의 눈빛이 가볍게 흔들렸다가 원래의 눈빛을 되찾았다.

"암다."

선우는 권보영의 머리를 쓰다듬었다.

"천현가가 마현가야."

"……."

선우의 머리를 쓰다듬는 행동은 격동할지 모르는 권보영의 감정을 진작시키려는 의도이다.

이즈음의 선우는 처음에 권보영을 이용하려던 의도가 많이 희석됐으며, 그녀를 진심으로 대하려는 마음이 대부분을 차지하게 되었다.

처음에 선우는 권보영을 적으로 만났으나 그녀와 같이 행동하는 동안 정이 들고 말았다.

동료로서가 아니라 부부로 일심동체가 되어 밤낮으로 붙어 있었기에 더 깊은 정이 들었을 것이다.

선우가 마현가 사람이었다면 누군가를 최대한 이용하고 나서 가차 없이 버리는 것이 가능할지 모르지만 그는 정의와 선을 추구하는 신강가의 재신이다.

원론적인 얘기를 하자면 신강가는 모든 사람은 선하게 태어났다는 성선설(性善說)을 근간으로 하고, 마현가는 인간은 태어날 때부터 악인이라는 성악설(性惡說)을 기초로 한다.

그러므로 신강가의 재신인 선우는 목적을 위해서 권보영을 잠시 이용하더라도 그녀가 악을 버리고 선으로 돌아선다면 마땅히 그녀를 선인(善人)으로 받아들여야 하는 것이다.

아니, 설혹 그녀가 악을 버리지 않더라도 끝까지 타이르고 이끌어서 선의 길로 인도하는 것이 선우의 사명이다. 그렇게 해야지만 잠시나마 그녀를 이용한 것에 대한 갚음이라고 할 수 있다.

권보영이 적잖이 놀라는 표정을 지었다.

"그렇습까?"

그녀는 자신이 한국에 갔을 때 마현가하고 어떻게 연결되었으며 그들의 어떤 점을 알고 있는지 생각해 봤지만 아무것도 기억나지 않았다. 최면 때문이다.

그녀는 흐린 얼굴로 말했다.

"천현가라는 말은 어디선가 들어본 것 같은데 자세한 것은 모르갔습다."

선우는 그녀가 마현가에 대해서 기억을 떠올리라고 강요하고 싶지 않았다.

"여긴 이따 밤에 다시 와야겠다. 가자."

이주광 집으로 돌아온 선우는 권보영과 그의 최측근 심복을 만나러 나갔다.

권보영은 공식적으로는 아직 한국에 있는 것으로 되어 있으며, 중국인 남편 선우와 상인의 여권으로 평양에 들어온 것으로 되어 있다.

이주광은 자신이 총지배인으로 있는 고려호텔에 객실 하나를 잡아주었으며, 거기에서 권보영의 35국 심복들을 만나기로 했다.

선우와 권보영은 프런트에서 42층 4215호 키를 받아서 엘리베이터를 타고 올라갔다.

객실은 꽤 넓었으며 침실과 거실이 따로 있고 냉장고에는 맥주와 양주, 음료수가 꽉 들어차 있다. 이주광의 배려이다.

북한의 호텔은 거의 대부분 비밀리에 CCTV와 도청 장치가 설치되어 있지만 이주광은 이 객실의 전자장치를 모조리 제거해 버렸다.

선우가 대형 창을 열고 발코니로 나가자 발아래 평양 시내
와 그 너머로 대동강이 한눈에 펼쳐져 아스라이 보인다.

권보영이 시원한 아사히 캔 맥주 두 개를 한 손에 거머쥐고
발코니로 나와 선우 옆에 섰다.

"저기가 양각도임다. 양각도호텔 보이지요? 여기 고려호텔
하고 양각도호텔이 평양에서 제일 좋슴다."

까각.

권보영은 캔 맥주를 따서 선우에게 주고 자기 것도 따더니
가볍게 부딪치며 건배를 했다.

고려호텔은 47층 쌍둥이 빌딩으로 선우가 있는 42층에서는
평양 동쪽과 동북, 동남쪽이 거칠 것 없이 잘 보였다.

"여기 앉으시라요."

권보영이 선우의 손을 잡고 이끌어 발코니에 있는 4인용 테
이블 의자에 앉혔다.

선우는 맥주를 한 모금 마시고 나서 물었다.

"별문제 없겠지?"

"기럼요. 제 부하들은 김정은 같은 거이 모름다. 무조건 저
만 믿고 따르니끼니 아무 걱정 마시라요."

권보영의 35국은 이번 거사에서 아주 중요한 역할을 맡았
다. 35국 부하들은 북한 전역에 주둔하고 있는 인민군 군단급

에서 사단급까지 직접 찾아가 군단장들과 사단장들을 만나게 될 것이다.

조선인민군은 육군 102만 명, 공군 11만 명, 해군 6만 명으로 총 119만 명에 예비군 770만 명으로 세계 3위의 병력을 보유하고 있다.

육군은 9개의 전, 후방 군단, 2개의 기계화군단, 평양방어사령부, 국경경비사령부, 미사일지도국, 경보지도국의 총 15개 군단급 부대로 구성되어 있다.

군단 예하 제대는 86개 사단과 59개 기동여단, 10개의 교도여단으로 편성되어 있다.

기동여단과 교도여단은 제외하고 15개 군단과 86개 사단에 35국 부하들을 보내려는 것이다.

무작정 가는 것이 아니라 조선인민군 총지휘관인 인민무력상 이영국이 보내는 편지를 지니게 된다.

그 편지에는 김정은이 외부 세력에 의해 납치되어 어딘가에 감금된 상황인데, 그 외부 세력이 세운 괴뢰 최중희 등 일당을 일거에 제거하고 김정은 위원장을 되찾으려고 하니 평양에서 무슨 일이 있더라도 동요하지 말고 조용히 이를 지켜봐 달라는 당부의 내용이다.

총 101곳이며 군단급에는 4명, 사단급에는 2명이 가야 하므로 도합 232명의 부하가 필요한 상황이다.

딩동~

그때 문에서 벨소리가 났다.

"앉아 계시라요."

권보영이 눈웃음을 치면서 일어나 문으로 걸어갔다.

척!

권보영이 문을 열자 갑자기 문이 밖으로 왈칵 열리는 것과
동시에 세 명이 우르르 들이닥치면서 권보영에게 손에 쥔 권
총을 겨누었다.

"움직이지 마라우!"

"까딱하면 죽이갔어!"

뒤로 몇 걸음 밀린 권보영이 엄한 표정을 지었다.

"너희들, 뭐 하는 거이야?"

"……."

권보영에게 권총을 겨눈 세 명이 그 자리에 뻣뻣하게 굳어
버렸다.

권보영은 몸을 돌려 거실로 걸어갔다.

"문 닫고 들어오라우."

"국장 동지……."

세 명은 몹시 놀란 표정으로 권보영을 쳐다보았다.

이들 세 명은 권보영의 심복들로서 그녀의 연락을 받고 이
곳에 왔지만 자신들을 부른 사람이 권보영이라고는 생각하지

않았다.

자신들의 직속상관인 권보영은 지난달에 한국으로 잠입했다가 실종된 상태이기 때문이다.

그래서 이들은 자신들을 이곳으로 부른 권보영이 가짜이며 무슨 음모가 있을 것이라고 판단하여 들이닥치자마자 권총을 쏠 것처럼 겨눈 것이다.

그런데 가짜라고 생각한 권보영이 진짜였다.

세 명은 권보영이 앉아 있는 거실 소파로 다가갔다.

"국장 동지, 이거이 어드러케 된 겁네까?"

"언제 오셨습까?"

"앉으라우."

권보영은 세 명이 앉기를 기다리면서 담배에 불을 붙였다.

*　　　　*　　　　*

세 명의 심복은 권보영에게 모든 설명을 다 들었지만 표정이 아까보다 더 굳어졌다.

권보영이 북한으로 돌아오게 된 것은 심복들에게는 무조건 좋은 일이지만, 마현가라고 불리는 외부 세력이 김정은을 납치하고 또 모처에 감금했으며, 마현가에서 내세운 최중희 일당이 지금 북한을 마음껏 통치하고 있다는 사실에 경악을 금치 못했다.

그렇지만 세 명의 부하는 그게 정말이냐고 묻지 않았다. 그들이 알고 있는 직속상관 권보영은 절대로 농담 같은 것을 하지 않기 때문이다.

"기래서 머리를 맞대고 의논한 결과 최중희 일당을 제거하기로 결정했다는 말이다."

남자 둘과 여자 한 명의 표정이 점점 더 굳어졌다.

권보영은 휴대폰을 꺼내 잠시 조작하더니, 테이블 너머에 나란히 앉은 세 명 중에서 35세 정도에 강인하게 생긴 남자에게 내밀면서 명령했다.

"이거이 텔레비죤에 연결하라우."

남자는 무선리모컨으로 벽걸이 대형 TV를 켜서 이것저것 능숙하게 조작하더니 외부입력으로 만들어서 휴대폰과 무선으로 연결했다.

그랬더니 화면에 피라미드처럼 18명의 사진이 빼곡하게 좌라락 나타났다.

맨 위 정점에 최중희가 있고 그 아래는 일당이다.

TV를 조작한 남자가 권보영에게 두 손으로 공손히 휴대폰을 돌려주었다.

권보영이 화면을 가리켰다.

"저놈들이 반역자들이라는 말이야."

세 명의 시선이 TV 화면으로 향했다. 그들은 TV의 18명을 한 명씩 자세히 살펴보았다.

한 시간에 걸친 긴 설명과 회의가 끝나고 나자 권보영이 발코니의 선우에게 왔다.

"여보, 지루하셨지요? 미안합다. 이리 나오시라요."

권보영은 선우의 손을 다정하게 잡고 거실로 들어왔다.

일어서 있던 심복 세 명은 권보영과 선우를 보면서 혼이 달아난 표정을 지었다.

커튼에 가려져 발코니에 사람이 앉아 있다는 사실을 몰랐을 뿐만 아니라 그 사람이 눈이 돌아갈 정도로 잘생겼으며 권보영이 그의 손을 다정히 잡고서 거실로 이끌고 있는 광경을 봤기 때문이다.

세 명은 나란히 부동자세로 선 채 시선은 선우의 얼굴에 못박혀 있다.

권보영이 선우를 가리키며 소개했다.

"인사드리라우. 내 바깥분이시다."

세 명은 소스라치게 놀라더니 그중 연장자인 40대 초반의 남자가 구령을 붙였다.

"차렷! 경례!"

세 명이 일사불란하게 선우에게 경례를 붙였다.

선우는 미소 지으며 소파를 가리켰다.

"앉읍시다."

선우와 권보영이 나란히 앉고 맞은편에 세 명이 나란히 앉았는데 허리를 곧게 편 빳빳한 자세이다.

"얘기 끝났소?"

선우는 부하들이 있는 곳에서 권보영에게 말을 높여서 체면을 살려주었다.

"끝났습다."

선우는 고개를 끄떡였다.

"술이나 마십시다."

딱딱한 분위기를 풀기 위해서이다.

권보영이 환하게 미소 지었다.

"요리는 어칼까요?"

세 명의 심복은 예전에는 한 번도 본 적이 없는 권보영의 새로운 모습을 보면서 적잖이 당황했다.

"맛있는 거 시키시오."

"알갔습다."

권보영은 세 명 중 홍일점인 여자에게 턱으로 냉장고를 가리키며 명령조로 말했다.

"혜령아, 너 가서 우선 맥주 좀 가져오라우."

"알갔습다."

혜령이라는 여자는 깔끔한 검은색 정장 상의에 바지와 단화를 신었고, 키가 늘씬하게 크고 눈이 번쩍 뜨일 정도의 굉장한 미인이다.

선우는 혜령이 테이블에 대동강맥주를 내려놓는 모습을 유심히 살펴보았다.

그녀의 얼굴에는 표정이 없었다. 무표정, 아니, 무심(無心)하다 할 정도로 그로데스크한 얼굴이다.

그녀는 그런 표정만으로 웬만한 남정네는 주눅 들게 만들기에 충분할 것 같았다.

그것만 봐도 그녀가 뼛속까지 철두철미한 군인이라는 사실을 짐작하게 만들었다.

권보영은 선우가 혜령을 유심히 살피는 모습을 보고서도 불쾌하게 여기지 않았다. 오히려 생글생글 미소를 지으면서 턱으로 혜령을 가리켰다.

"여보, 혜령이 예쁘지요?"

"응, 그렇군."

그러자 권보영의 입에서 전혀 예상하지 못한 말이 불쑥 튀어나왔다.

"혜령이 너, 오늘 밤에 우리 나그네 모시라우."

선우는 움찔했다.

"여보."

권보영이 팔을 뻗어 선우를 만류하면서 혜령을 주시했다.

"알갔니?"

혜령의 무심한 표정이 처음으로 흔들렸다. 그러나 그녀는 곧 가라앉은 목소리로 조용히 대답했다.

"알갔습다, 국장 동지."

권보영이 이런 식의 무리한 명령을 한 적은 한 번도 없었다. 부하들은 그것을 잘 알지만 그녀의 명령에는 이유를 불문하고 복종해 왔으며 앞으로도 그럴 것이다.

선우는 빙그레 미소 지으며 혜령에게 손을 저었다.

"농담이오. 마음에 두지 마시오."

"농담 아님다."

권보영이 선우를 보며 생글생글 미소 지었다.

"나그네 같은 분은 삼처사첩도 괜찮습다. 저는 절대로 질투 같은 거이 하지 않습다."

북한에서는 남자들이, 그리고 고위층이나 특권층이 여자들을 어떻게 대하는지 모르지만 선우는 이것만은 짚고 넘어가야겠다고 생각했다.

"여보."

"말씀하시라요."

선우가 정색을 하는데도 권보영은 생글거렸다. 그녀는 사랑하는 남편을 위해서라면 무슨 일이라도 할 것 같았다.

"저 사람도 남편이 있을 것이고 그게 아니면 애인이 있을 것 아니겠소?"

"혜령이 너, 남자 생겼니?"

"아님다."

권보영이 혜령에게 불쑥 묻자 그녀는 두 손을 앞에 모으고 나직하게 대답했다.

"그것 보시라요."

"또한 여자든 남자든 자신이 사랑하는 사람하고 같이 자는 게 상식이오."

권보영이 또 말을 잘랐다.

"혜령이 너래 우리 나그네 사랑하니?"

"사랑함다."

혜령의 대답은 누가 들어도 강요에 의한 것이다. 조금 전에 본 남자를 사랑할 리가 없다.

"보영아!"

마침내 선우는 언성을 높였다.

"부하라고 해서 함부로 대하면 안 된다."

"여보……."

"그리고 나는 보영이 당신만 있으면 돼. 어떤 여자하고도 자지 않을 거야. 알아들어?"

사실 북한에서는 고위층 남자들이 두 집 살림 이상 서너 집 살림을 하는 것이 보통이다.

그리고 남자가 바람을 피우거나 여자를 집에 데리고 와서 자는 일도 심심치 않게 있었다.

북한에는 여전히 남존여비사상이 깊이 뿌리박혀 있기 때문인데 그 점에서 권보영도 예외는 아니었다. 그녀는 북한에서는 남자보다 우월한 존재이지만 사랑하는 남편에게는 그저 평범한 여자일 뿐이었다.

"대답해."

권보영은 이 순간 너무 행복해서 숨이 멎을 것만 같았다. 선우가 부하들 앞에서 꾸중하는 것은 상관이 없다. 선우가 한다면 그보다 천 배 더한 것도 괜찮다.

"알았슴다."

권보영은 다소곳한 자세로 두 손을 모으고 대답했다.

"술 마시자."

"네."

부하들은 권보영의 이런 모습이 도저히 적응이 되지 않았다.

준비된 마른안주를 놓고 다섯 명은 묵묵히 맥주를 마셨다.

권보영이 부하들을 가리키며 소개했다.

"35국에는 세 개 부가 있으며 이들은 그 부의 부장들임다. 너희들, 관등성명 대라우."

오른쪽 30대 후반의 사내부터 꼿꼿한 자세로 말했다.

"대좌 전준석임다."

"중좌 이화승임다."

"중좌 민혜령임다."

선우는 고개를 가볍게 숙였다.

"강선우입니다."

세 부하의 표정이 가볍게 변했다. 그들은 상관이나 상관과 가까운 사람이 깍듯하게 예의를 차리는 것이 익숙하지 않은 모양이다.

선우는 처음 봤을 때부터 유심히 지켜본 혜령에게 물었다.

"성이 민 씨요?"

혜령이 공손하지만 낯선 표정으로 대답했다.

"그렇습다."

"부친 성함이 뭐요?"

순간 혜령의 눈빛이 크게 흔들리고 당황하는 것을 선우는 놓치지 않았다.

"민진원임다."

선우는 조금 실망했다. 그는 혜령을 처음에 봤을 때 혜주와 많이 닮았다는 생각을 했다.

세상에 예쁜 여자는 많지만 혜주를 닮은 여자는 아직 한 번도 보지 못했었기에 매우 신기하게 생각했다.

그래서 그럴 가능성은 희박하지만 혹시 혜령이 혜주의 언니나 친척은 아닐까 짐작한 것이다.

부친의 이름은 다르지만 혜령이 민 씨이기 때문에 혹시 친척일지도 모른다고 선우는 희망의 끈을 놓지 않았다.

"혹시 민성환이라는 분 아오?"

혜령의 눈빛이 또다시 크게 흔들렸는데 이번에는 권보영도 그것을 발견했다.

"모릅다."

혜령은 역시 모른다고 했다. 그러나 선우는 그녀가 민성환을 알고 있지만 그가 공화국에서 반역자로 낙인찍혀서 정치범수용소에 들어갔기 때문에 모른다고 잡아떼는 것이라 판단했다.

북한에서는 가족 중에 한 명이라도 반역자가 되면 삼족까지 정치범수용소에 끌려가는 것이 상식이다.

원래 무심한 표정인 혜령이지만 지금은 눈빛이 가볍게 흔들리고 무릎 위에 모은 두 손끝이 가늘게 떨렸다.

권보영이 무섭게 그녀를 쏘아보았다.

"혜령이 너, 똑바로 말하라우. 너래 민성환이라는 이름 정말 모르는 기야?"

권보영은 선우가 괜히 이러는 게 아니라는 것을 눈치채고 혜령을 다그쳤다.

"……."

"내래 너를 열여섯 살 때 데려다가 이날까지 키우고 이 자리에 앉혀줬어. 처음에 만났을 때 너는 부모가 다 굶어서 죽어 고아가 됐다고 말해서리 내가 너 호적이랑 공민증을 싹 다 새로 만들어줬는데 말이야. 똑바로 대답하라우. 너희 부모, 정말로 굶어서 죽은 거이야?"

"……."

혜령은 선우에겐 거짓말을 해도 자신을 거두어 지금껏 키워준 큰언니 같고 부모님 같은 권보영에게만은 절대로 거짓말을 하지 못한다.

권보영은 혜령이 말을 못 하는 것이 과연 속인 게 있기 때문이라고 판단해서 발끈 화가 치밀었다.

"너 이 새끼래, 나를 속여? 너래 이번에도 솔직하게 말을 앙이 하면……."

선우가 권보영의 말을 막고 온화하게 말했다.

"나는 민성환을 찾으러 평양에 왔소. 만약 당신이 민성환의 딸이든가 아니면 친척이라고 하면 나하고 매우 가까운 사이가 되는 것이오. 알겠소?"

"……."

혜령은 선우의 말의 진위를 알아내려는 듯 그의 얼굴을 빤히 주시했다.

"나는 거짓말을 하지 않소. 당신이 민성환과 관계가 있다면 매우 귀한 신분이오."

선우의 말에 혜령의 눈 깊은 곳에서 작은 반짝임이 생겼다.

"혹시 민영가라는 말을 들어본 적이 있소?"

"아……."

혜령이 움찔 놀라며 나직한 탄성을 냈다.

그런 반응을 보고 선우는 혜령이 민영가라는 말을 알고 있다고 판단했다.

민영가의 가주이던 민성환이 어린 혜령에게 그런 말을 해주었을 것이다.

선우는 부드러운 미소를 지었다.

"나는 신강가 사람이오."

"아아……."

혜령이 놀라서 자신도 모르게 벌떡 일어섰다. 그녀의 얼굴에는 더없이 놀라는 표정이 가득했다.

그녀는 부친에게 민영가는 물론이고 신강가라는 말을 들은 것이 분명했다.

권보영과 두 명의 부하는 선우가 무슨 말을 하는지 조금도 알아듣지 못했다.

선우의 말을 들어보니 민영가나 신강가라는 것이 어떤 가문을 말하는 것 같은데 부하들이 이해할 수 있는 건 거기까지 뿐이다.

혜령은 20여 년 만에 다시 듣게 된 민영가와 신강가라는 말에 심장이 미친 듯이 요동쳤다.

그녀는 아주 어릴 때부터 부친에게 자신들의 가문은 민영가이며 신강가를 높이 받들어 모셔야 하는데 언젠가는 그런 날이 올 것이라는 말을 자주 들었다.

부친은 또 신강가는 하늘이 내렸으며, 한민족을 비롯한 인간들을 이롭게 하기 위해서 탄생했다고 말했다.

뿐만 아니라 신강가를 호위하는 여덟 가문 팔대호신가라는 것이 있으며 민영가는 그중의 하나라고 했다.

혜령은 더 이상 무표정한 얼굴이 아니었다. 그녀는 열뜬 표정으로 선우에게 물었다.

"팔대호신가를 다 말씀해 보기요."

선우는 그럴 줄 알았다는 듯 조용히 외웠다.

"오위가, 민영가, 송보가, 유도가, 염화가, 황림가, 호비가, 나우가요."

"으흑흑!"

혜령은 선우가 팔대호신가를 읊기 시작할 때부터 두 눈에 눈물이 고이더니 그가 읊기를 끝내자 왈칵 울음을 터뜨렸다.

그녀는 흐느끼면서 더듬거렸다.

"으흐흑, 신강가 분은 예로부터 오로지 한 분뿐이라고 전해

오는데 그러면 선생님께서 신강가의 가주이심까?"

선우는 빙그레 미소 지으며 고개를 끄떡였다.

"그렇소. 내가 신강가의 가주 재신이오."

"아아……!"

혜령은 더 이상 선우를 의심할 수가 없었다. 팔대호신가를 외우고 재신이라는 지위도 알고 있는 그다. 더구나 민성환이라는 친아버지 이름까지 알고 있지 않은가.

민성환은 외동딸 혜령에게 어릴 때부터 신강가와 팔대호신가의 예법에 대해서 자세히 가르쳤다.

"우리가 북조선에서 살면서리 신강가의 재신이신 주군을 만날 날이 올지 모르갔지만 너는 민영가의 가주로서 예법을 배웠다가 먼 훗날 어쩌면 주군을 만나뵙게 되면 한 치의 흐트러짐도 없이 경배드려야 한다. 알갔니?"

골백번도 더 들은 아버지의 그 말이 아직도 혜령의 귓전에 생생하게 맴돌고 있다.

혜령은 뒤로 세 걸음 물러나 몸가짐을 바로하고 그 자리에 무릎을 꿇고서 두 손바닥과 이마를 바닥에 대는 최고의 예절을 갖추었다.

"호신 민 씨 23대손이고 민영가의 제17대 가주 민혜령이 주군을 뵈옵니다."

그녀는 우느라 목소리가 와들와들 떨렸다.

선우는 그녀에게 다가가 부드럽게 일으켜 주었다.

"혜령아, 그동안 고생이 많았다."

선우의 부드러운 말에 혜령은 걷잡을 수 없이 눈물을 흘리면서 비틀거렸다.

"주군⋯⋯."

"그래."

"오늘날 제가 주군을 만나뵈려고 그렇게 모진 세월을 참고 견뎠습다, 주군. 으흐흑!"

선우는 혜령을 가만히 안아주었다.

혜령은 주군, 주군 소리를 연발하면서 그의 품으로 깊이 파고들어 흐느껴 울었다.

제39장
동해 물과 백두산이

혜령의 말에 의하면 아버지 민성환은 어머니가 병으로 죽자 민영가의 대를 잇기 위해서 아들을 낳으려고 일 년 후에 재혼을 했다.

그러면서 두 살짜리 딸 혜령을 친할머니 댁에 맡겼다.

아버지가 재혼한 여인은 평양 고위층의 딸이고 민성환보다 열세 살이나 연하였다.

아버지는 자주 친할머니 댁에 찾아와서 혜령을 만나 2, 3일 씩 지내다 갔으며, 올 때마다 돈이며 값진 선물을 잔뜩 주고 갔기에 친할머니 댁 형편은 풍족한 편이었다.

그때 아버지가 해준 말에 의하면 아버지가 새장가를 간 여인의 이름은 한유선이고 그녀와의 사이에 딸을 낳았는데 이름은 '혜' 자 돌림으로 혜주라 지었다고 했다.

그렇게 혜령은 친할머니 손에 성장했다. 아버지는 한 달에 한두 번은 꼭 찾아와서 혜령과 시간을 보냈으며, 그것은 14년이나 이어졌다.

아버지가 민영가와 신강가에 대해서 혜령에게 자세히 설명을 해준 것도 이 시기였다.

그러다가 혜령이 열일곱 살이 되던 해부터 아버지는 그녀를 찾아오지 않게 되었다.

그리고 어느 날 친구 집에서 놀다가 집으로 돌아가던 혜령은 읍내 거리에서 놀라운 소문을 들었다.

"민가네 큰아들 원산 태평무역 사장 민성환이 반역죄를 지어 붙잡히는 바람에 상주골 민가네 식구들이 모조리 보위부에 끌려갔다는구먼."

자그마한 마을이라서 거리는 온통 그 소문으로 무성했다.

혜령은 소스라치게 놀랐다. 원산 태평무역 사장 민성환이면 혜령의 친아버지이고 상주골 민가네는 친할머니 댁이다.

아버지가 반역죄를 저질렀으며 친할머니 댁 식구들이 모조리 보위부에 끌려갔다니 혜령으로선 마른하늘에 날벼락 같은 일이었다.

북한에서 반역죄를 저질렀다가 붙잡히면 삼족이 몰살당한다는 사실은 코흘리개도 알고 있다.

겁에 질린 혜령은 집으로 가지 못했다. 그길로 발길을 돌려 마을을 벗어났다.

작은 마을에서 혜령을 모르는 사람이 거의 없기 때문에 사람들 눈에 띄지 않으려고 무작정 걷고 또 걸었다.

석 달 후 상거지 꼴이 된 혜령은 혜산시 역전 근처에서 꽃제비가 되어 살아가고 있었다.

그해는 1997년으로 대기근이 북한 전역을 휩쓸던 시절로 거리마다 굶어 죽는 시체가 넘쳐났던 참혹한 시기였다.

혜산 장마당 진흙 바닥에서 사람들이 먹다가 흘린 국수 조각이나 빵, 옥수수 부스러기를 주워 먹으며 겨우겨우 연명하던 혜령은 키가 160㎝였는데 체중은 채 30㎏도 나가지 않았다. 살아 있는 시체나 다름이 없었다.

어느 날 너무 배가 고파서 죽을 것 같던 혜령은 장마당 좌판에서 팔고 있는 국수를 두 손으로 덥석 집어서 허겁지겁 먹어대기 시작했다.

국수 장수 아줌마와 막 국수를 먹으려고 하던 젊은 군인에게 몰매를 맞으면서도 혜령은 두 손으로 집은 국수를 부지런히 입에 쑤셔 넣었다.

어리고 가냘픈 몸뚱이에 쏟아지는 매는 하나도 아프지 않았으며, 대신 입에 무언가 들어가고 있다는 희열이 그녀를 행복하게 만들었다.

그때 혜령을 발견한 사람이 차를 타고 그곳을 지나가던 권보영이었다.

그때 권보영의 계급은 소좌였으며 며칠 전에 막 보위부 혜산시 부대장으로 부임했다.

권보영은 몰매를 맞으면서도 두 손의 국수를 절대로 놓지 않고 입에 꾸역꾸역 집어넣고 있는 새카맣고 깡마른 여자아이를 자신의 부대로 데려갔다.

실내에 고요한 침묵이 흘렀다.

자신에 대한 긴 얘기를 하는 동안 혜령은 눈물을 그치고 오히려 담담해졌다.

여기에 있는 사람들 중에서 선우를 제외한 세 사람은 20년 전의 북한 전역이 얼마나 참혹한 지옥이었는지 너무도 잘 기억하고 있다.

침묵을 깬 사람은 선우였다.

"혜령은 내가 데려가겠다."

혜령이 움찔 놀라서 선우를 바라볼 뿐 아무도 그의 말에 토를 달지 않았다.

그때 벨소리가 나자 혜령이 얼른 일어나 문을 열어주었다.

고려호텔 총지배인 이주광이 환하게 웃으면서 들어왔고 그 뒤로 몇 가지 요리와 술이 실린 수레를 밀고 여종업원 두 명이 따랐다.

이주광이 선우에게 꾸벅 허리를 굽혔다.

"불편하지 않으셨습니까?"

"괜찮습니다."

여종업원들이 테이블에 요리와 술을 차리는 것을 보면서 권보영이 이주광에게 말했다.

"고려호텔에서는 원래 총지배인이 직접 요리를 배달하러 다니는 거요?"

이주광이 껄껄 웃었다.

"하하하! 상대가 누구냐에 따라서 달라집니다."

북한의 호텔에는 사장이 없으며 대신 총지배인이 있다.

혜령 등은 고려호텔 총지배인이 직접 요리를 갖고 왔으며 선우에게 깍듯이 허리를 굽히는 광경을 보고 크게 놀랐다.

"부족한 게 있으면 언제든지 말씀하십시오."

이주광은 그렇게 말하고는 다시 꾸벅 허리를 굽히고 여종업원들과 함께 물러갔다.

권보영이 부하들과 얘기를 나누면서 술을 마시는 동안 선우는 혜령을 데리고 방으로 들어갔다.

침실의 작은 테이블에 마주 앉은 선우는 휴대폰을 꺼내며 혜령에게 말했다.

"혜주가 지금 연길에 있으니까 얘기를 해봐라."

혜령이 깜짝 놀랐다.

"제 동생 혜주가 말임까?"

"얘기해 볼래?"

혜령이 상기된 표정으로 두 손을 모았다.

"하갔슴다."

선우는 혜주에게 전화를 했다. 선우의 휴대폰은 스포그의 통신위성과 직접 연결되어 있기 때문에 북한 당국에 절대로 감청되지 않는다.

혜주는 신호가 두 번이 채 울리기도 전에 전화를 받았다.

—당신이에요?

실내가 조용해서 휴대폰에서 흘러나온 혜주의 '당신이에요?' 하는 목소리가 혜령에게도 생생하게 들렸다.

"응, 나야."

—당신 괜찮아요? 어디 다치거나 아픈 데 없어요?

혜주의 목소리는 염려와 근심으로 가득했다. 그것은 아내가 남편을 걱정하는 목소리였다.

선우는 혜령이 배시시 미소 짓는 것을 보고 조금 민망한 생각이 들었다.

"혜주야, 여기 누가 있으니까 통화해 봐."

—누군데요?

선우는 대답하지 않고 혜령에게 휴대폰을 건넸다.

혜령은 잔뜩 긴장한 표정으로 휴대폰을 귀에 대고 조심스럽게 말했다.

"여보시오."

혜주는 난데없는 함경도 사투리의 젊은 여자 목소리에 적잖이 놀랐다.

—누구세요?

혜령의 두 눈에 금세 눈물이 가득 차올랐다.

"너 혜주니?"

—…….

"나 혜령이야. 너 나를 알갔니야?"

—…….

혜주는 아무 말도 하지 않았다. 아니, 못 했다.

그녀는 자신에게 이복 언니가 있다는 말을 예전에 아버지 민성환에게 들은 기억이 있다.

그렇지만 너무 오래전 일이고 이복 언니가 어디에서 살고 있으며 어떤 존재인지도 몰라서 그동안 까맣게 잊고 있었다.

"혜주야, 어케 아무 말이 없니?"

혜령은 혜주가 자신을 모를까 봐 안타까웠다.

—어, 언니야? 혜령 언니 맞아?

"기, 기래. 내가 니 언니 혜령이야. 아바이는 민성환이고 원산에서 멀지 않은 덕원군 상주골에 살았어. 너래 나를 알갔니?"

—아아, 혜령 언니. 아버지한테 얘기 들었어. 덕원군 상주골에 친가가 있다는데 한 번도 가본 적이 없어. 아버지가 거긴 데리고 가지 않았어.

"내래 거기 살았기 때문에 기랬을 기야. 혜주야, 보고 싶구나. 너래 어케 살았니?"

—언니! 혜령 언니! 삼촌이 언니를 찾아낸 거야?

"삼촌이 뉘기야?"

—강선우 씨 말이야.

"주군이 어케 삼촌이니?"

—주군이라면… 언니, 신강가와 민영가에 대해서도 알고 있는 거야?

"기럼. 아바지가 다 얘기해 줬어."

—언니, 나 연길에 있어. 이리 와서 우리 만나자. 언니, 보고 싶어! 언니야! 으흑흑!

혜주는 울음을 터뜨렸다. 하늘 아래 자신의 피붙이는 한 명도 없는 줄 알았는데 비록 배다른 자매지만 한 아버지의 피를 물려받은 언니가 살아 있다는 사실에 기뻐서 어쩔 줄 몰랐다.

"내래 어카든지 연길에 갈 테니끼니 혜주 너래 거기서 기다리고 있으라우! 무슨 일이 있어도 꼭 갈 기야!"

혜령도 펑펑 울면서 눈물 콧물 다 흘렸다.

통화를 끝내고 혜령은 휴대폰을 선우에게 돌려주었다.

"혜주가 보고 싶다. 어카면 좋습까?"

"여기 일 끝나고 연길에 갈 때 나하고 같이 가자."

"고맙습다, 주군. 주군께서 저를 부활시켰다는 말임다. 기런데 주군께선 어드러케 저를 단번에 알아보셨습까?"

선우는 미소를 지었다.

"처음에 너를 봤을 때 혜주를 보는 줄 알았다."

혜령이 깜짝 놀랐다.

"혜주가 저하고 닮았습까?"

"그래, 아주 많이 닮았어. 그래서 네가 혜주하고 깊은 연관이 있을 거라고 확신했지."

"기랬구만요."

거실로 나온 선우와 혜령은 권보영 등과 합석하여 앞으로의 세부 계획을 의논하면서 술을 마셨다.

권보영은 선우와 혜령의 관계에 대해서 구체적으로는 모르지만 두 사람이 매우 밀접한 친척일 것이라고 추측했다.

그래서 선우를 가운데 두고 자신과 혜령이 좌우에 앉았다.

혜령은 원래 권보영에 의해서 머리끝에서 발끝까지 철저한 군인으로 길러졌으나 자신과 선우와의 관계를 알고 난 이후부터는 얼굴에서 행복한 미소가 사라지지 않았다.

술을 마시면서 선우는 혜령의 아버지 민성환을 찾고 있다는 얘기를 했다.

그 말을 들은 혜령이 쓸쓸한 표정을 지었다.

"소용없슴다. 제가 이미 할 수 있는 거이 다 해봤시오. 기런데도 우리 아바지 흔적은 공화국 어디에도 없었슴다."

"만약에 돌아가셨다면 사망했다는 기록이 있을 거다. 그렇지 않니?"

"기렇슴다. 공화국에서는 출생하고 사망했다는 기록은 철저하게 함다."

"그런 기록이 없다는 것은 너희 아버지가 어딘가에 살아 계실 가능성이 높다는 거야."

혜령이 생각하기에 아버지가 죽었을 확률이 99%지만 그걸 입 밖에 꺼내지는 않았다.

밤 9시경.

선우는 마현가가 평양의 아지트로 사용하고 있는 평양외국어대학교 근처 저택의 뒤쪽으로 돌아갔다.

그는 낮에 봐둔 제일 취약하다고 판단한 위치에서 담 위에

10m 간격으로 설치된 두 대의 무인 카메라를 향해 슬쩍 손가락을 퉁겼다.

팍! 팍!

공신기에 의해 무인 카메라 두 대가 박살 난 것을 확인한 그는 망설임 없이 담 위로 훌쩍 몸을 날렸다.

사악.

약 5m의 높은 담이지만 선우는 낙엽처럼 가볍게 둥실 떠올랐다가 담을 넘어 안쪽에 내려섰다.

담 안쪽은 바닥이 콘크리트로 된 공간이며 여섯 대의 승용차와 승합차가 주차되어 있다.

선우는 재빨리 주위를 살폈다. 담에서 건물까지는 25m 거리이며, 그 사이에 차들이 주차해 있고, 건물과 주변 몇 개의 기둥에 불이 환하게 밝혀진 전구와 무인 카메라가 달려 있는 것을 발견했다.

파파팍!

선우는 무인 카메라와 전구를 발견하는 족족 모조리 부수면서 건물로 달려갔다.

마현가 사람들이 무인 카메라가 작동되지 않는 것을 이상하게 여겨도 어쩔 수가 없다.

그들이 무인 카메라를 확인하려고 밖으로 나오면 마주치는 대로 처치하면 그만이다.

오늘 밤에 이곳에 있는 마현가 사람을 모두 제거할 계획이기 때문에 그래도 상관없었다.

선우가 둘러보니 저택은 전체가 네 채의 건물로 이루어졌다. 복판의 본채를 중심으로 세 채의 부속 건물이 에워싼 형태로 자리를 잡았으며, 부속 건물 중에 한 채는 이 층이고 나머지 두 채는 단층이다.

선우는 부속 건물 세 채 안에 있는 자들과 마당에서 경비를 서고 있는 자들까지 모두 34명을 제압했다.

심재철을 미행했다가 선우에게 잡힌 조성환은 아지트에 마현가 사람이 모두 15명이라고 했는데 현재까지 본채를 제외하고 제압한 자만 34명이다.

최면 상태이던 조성환은 거짓말을 하지 못하니 부속 건물 세 채에는 마현가 사람들과 북한 호위총국의 사복 군인들이 섞여 있는 것이 맞았다.

마현가 사람들과 호위총국 사복 군인들은 한눈에 구별이 됐다.

전자는 잘 먹어서 허여멀끔하게 생겼으며, 후자는 못 먹은 데다 허구한 날 뙤약볕에서 훈련을 한 탓에 비쩍 마르고 새카맣게 탄 모습이었다.

부속 건물 한 채에는 마현가 사람 여섯 명이 휴식을 취하고 있었으며, 다른 두 채에는 호위총국 사복 군인들이 역시 휴식을 취하고 있었다.

물론 마당 여기저기에서 경비를 서고 있던 것은 전부 호위총국 사복 군인들이었다.

선우는 마지막 하나 남은 본채로 달려갔다. 지금 시간은 9시 20분이며, 본채는 불이 환하게 켜져 있었다.

일 층 현관의 문을 당기니 잠갔는지 열리지 않았다. 약간 힘을 주자 통째로 뜯겨졌다.

우드득, 뜨끙!

선우는 뜯어낸 현관문을 옆에 세워놓고 성큼성큼 안으로 들어갔다.

         *   *   *

현관문 뜯어지는 소리가 꽤 컸는데 아무도 내다보지 않았다. 누가 습격을 할 거라고는 전혀 생각하지 않는 것인지, 그게 아니면 일 층에는 사람이 없는 모양이다.

정면에는 계단이 있고 오른쪽은 널따란 거실이며 왼쪽에는 길쭉한 테이블과 그 너머에 열려 있는 문이 있는데, 라디오 같은 데서 흘러나오는 간드러진 북한 여가수의 애조 띤 노랫소리와 여자들이 두런거리는 말소리가 들렸다.

거긴 주방인 것 같은데 확인이 필요해서 선우는 그곳으로 기척도 없이 다가갔다.

열려 있는 문 안쪽으로 상체를 기울여 들여다보았다.

앞치마를 두른 아줌마 세 명이 수다를 떨면서 요리를 하고 있다가 그중 한 명이 선우를 발견했다.

"생선찌개 다 됐습네다. 지금 갖고 올라갈 겁네다."

아줌마가 커다란 쟁반에 생선찌개 냄비와 작은 그릇 몇 개, 그리고 냉장고에서 인풍소주 다섯 병을 꺼내 얹었다. 그것만으로 쟁반이 가득해졌다.

아줌마가 위로 올라가면 성가셔질 것 같아서 선우는 손을 내밀었다.

"이리 주세요."

아줌마는 선우를 외부인이라고 생각하지 않았다.

"무겁습네다. 조심하기요."

이런 일이 흔한지 아줌마는 쟁반을 선우에게 안기고는 얼른 아줌마들의 수다에 합세했다.

선우는 쟁반을 테이블에 내려놓을까 하다가 그냥 갖고 계단을 올라갔다.

그는 계단 위에서 와자지껄한 소리를 들었으며, 여러 명이 모여서 술을 마시고 있다는 사실을 입구에 들어서면서부터 알고 있었다.

여러 명의 목소리를 분류하니 남자만 열한 명이고 북한 사투리를 사용하지 않는 것으로 미루어 모두 한국에서 온 마현가 사람들이 분명했다. 그러니까 이곳 본채에는 마현가 사람들만 있는 것이다.

이 층에 있는 자들은 부속 건물의 마현가 사람들과 호위총국에서 파견된 사복 군인들이 모두 당했다는 사실을 까맣게 모르고 있는 것이 분명했다.

CCTV 통제실이 부속 건물에 있으며, 그곳에 있던 자들이 미처 본채에 연락하기도 전에 당했기 때문이다.

선우는 마치 자신의 집인 듯 계단을 다 올라가 와자지껄한 소리가 들리는 곳으로 향했다.

그런데 선우로서도 예상하지 못한 일이 벌어졌다. 직사각형의 회의용 긴 테이블에 둘러앉아서 술을 마시며 떠들고 있던 사람들 중에서 계단 쪽 끄트머리에 앉은 한 명이 쟁반을 들고 다가오는 선우를 발견하고는 동료나 호위총국 사복 군인으로 착각한 것이다.

"어, 왔냐? 이쪽으로 놔라."

선우는 넉살좋게 갖고 온 찌개와 소주병들을 테이블에 하나씩 내려놓았다.

행동하기 편하도록 이주광이 구해준 북한 남자들의 일상복인 인민복을 입은 선우가 동료로 보였나 보다.

그때까지도 거기에 있는 사람들은 선우가 침입자라는 사실을 알아차리지 못하고 자기들끼리 우스갯소리를 하느라 목청을 높이고 있었다.

정말 웃기는 일이다. 선우가 찌개와 소주병을 다 내려놓을 때까지 아무도 그의 존재를 눈여겨보지 않았다. 그 정도로 이곳의 군기가 빠져 있다는 뜻이다.

선우가 얼핏 둘러보니 일전에 그가 제압해서 최면을 건 조성환의 모습이 보였다.

조성환은 뭐가 그리 신나는지 손짓발짓 섞어가면서 자신의 무용담을 얘기하는 중이고, 다른 사람들은 얘기 중간에 살을 보태고 있었다.

다들 술을 마시면서 떠드는데 선우는 한옆에 쟁반을 들고 우두커니 서 있었다.

약 3분 정도 지켜보자 선우는 상황 판단이 끝났다. 중간에 앉아 있는 35세 정도의 한국산 고급 티셔츠를 입은 사내가 이 무리의 우두머리였다.

사람들이 말하는 것으로 봐서는 그 사내가 마현가의 방계 혈족쯤 되는 것 같았다.

선우는 가볍게 손뼉을 쳤다.

짝짝짝!

"이제 그만!"

왁자지껄한 소리가 뚝 끊어지고 모두들 선우를 쳐다보았다.

그때까지도 거기에 있는 열한 명은 선우가 침입자라는 사실을 전혀 눈치채지 못하는 상황이다.

선우는 길게 끌 것 없다는 생각에 먼 곳에 앉아 있는 자부터 처치했다.

그가 두 손을 뻗어 한 번에 여섯 개의 손가락을 퉁기자 여섯 명이 머리에 공신기를 맞고 그대로 나가떨어지거나 탁자에 엎어지며 기절했다.

퍼퍼퍼퍽!

"큭!"

"끄윽……."

우당탕! 쿠당! 쿵!

선우가 두 번째 손가락을 퉁겼을 때 열 명이 모두 쓰러지고 남은 것은 고급 티셔츠의 우두머리 사내 혼자뿐이다.

선우는 공신기를 매우 약하게 발출해서 적들을 죽이지 않고 기절만 시켰다.

두 채의 부속 건물에 있던 자들도 마찬가지다. 죽이지 않고도 제압할 수 있기에 굳이 죽일 필요는 없었다.

테이블에 엎어지거나 의자와 함께 바닥에 널브러진 열 명 중에서 선우를 공격하려고 시도한 자는 한 명도 없었다. 그러니까 졸지에 당했다는 뜻이다.

"너… 누구냐?"

사내는 크게 당황해서 앉지도 일어서지도 못한 엉거주춤한 자세로 선우를 쳐다보았다.

그러나 그는 선우의 대답을 듣지 못했다. 선우를 쳐다보는 순간 최면에 걸렸기 때문이다.

선우는 바깥 도로에서 대기하고 있는 권보영에게 휴대폰으로 전화를 걸었다.

"여긴 상황 끝났어."

—당신, 괜찮습까? 다치지 않았습까?

"괜찮아."

선우는 통화를 끝내고 나서 사내의 맞은편에 엎드려 있는 자를 발로 차서 바닥에 떨어뜨리고 그 자리에 앉았다.

"이름이 뭐냐?"

사내가 공손히 대답했다.

"현성풍입니다."

선우는 짚이는 게 있어서 물었다.

"현성진하고 어떤 사이냐?"

"제 동생입니다."

대한민국 재계 서열 3위 천지그룹 현부일 회장의 장남이 현성풍이고 막내가 현성진이다.

현성풍을 심문하던 선우는 조금 놀랐다.

선우와 권보영은 현재 북한 정권을 잡고 있는 실세가 최중희이며 그를 비롯한 18명이 마현가가 심어놓은 세력이라고 판단했다.

그런데 그게 아니었다.

마현가가 세워놓은 북한의 실권자는 최중희가 아니라 인민무력부 부장 이영국이었다.

세상 사람들이 최중희가 실권자인 것처럼 착각하게 만들어놓고 실제로는 이영국이 마현가의 지령을 받아서 최중희를 조종하고 있는 것이었다.

선우와 권보영만 속은 것이 아니라 이영국에게 정기적으로 막대한 뒷돈을 대주면서 그를 자기 사람이라고 믿고 있는 정필도 감쪽같이 속고 있었다.

그것도 모르고 정필은 마현가와 최중희 정권을 몰아낸 후에 이영국을 실세로 앉히라고 선우에게 충고했다.

북한 정권을 뒤에서 조종하고 있던 이곳 마현가의 우두머리 현성풍의 휴대폰에는 그런 내용이 저장되어 있었으며 암호가 걸려 있었다.

또한 실권자 이영국의 세력은 18명이 아니라 그보다 훨씬 많은 26명이었다.

더구나 그 26명 중에 군부는 포함되지 않았다.

마현가는 북한 조선인민군 군단장과 사단장들도 다수 포섭해 놓은 상황이었다.

마현가가 북한 군부 중에서 가장 공을 들인 부대는 두 곳이며, 하나는 조선인민군 전략군(戰略軍)이고 또 하나는 특수전부대이다.

전략군은 육, 해, 공군에 속하지 않은 별도의 독립 조직이다.

2012년 4월 김일성 탄생 100주년을 기념하는 자리에서 김정은이 전략군을 언급하면서 처음 세상에 모습을 드러냈다.

전략군은 군단급이며 산하에는 스커드미사일사단과 노동미사일사단, 무수단미사일사단이 있다.

이 셋 중에 주목해야 할 것이 노동미사일사단이며, 노동미사일은 사거리 3,000㎞ 이상 중거리미사일 IRBM을 가리킨다. 노동미사일사단의 다른 이름은 'IRBM사단'이다.

사거리 3,000㎞는 일본 열도 전역뿐만 아니라 태평양 괌까지도 사정거리 안에 들어가는 것으로 유사시 한반도로 전개되는 미국 전시 증원 전력과 제7함대에도 위협이 될 수 있다.

또 하나, 특수전부대 역시 군단급이며 유사시 한국에 침투하여 주요 시설 파괴와 점령, 요인 암살, 시민 학살 등 후방을 교란하는 역할을 담당하게 된다.

원래 특수전부대 병력은 12만 명이었는데 김정은의 지시로

18만까지 늘렸다고 한다.

북한 조선인민군이 다 중요하지만 이들 전략군과 특수전부대 정도는 아니다.

마현가는 전략군과 특수전부대를 장악한 것을 필두로 평양 외곽을 지키는 군단급과 한국과의 휴전선에 전진배치한 군단급들, 그리고 두만강과 압록강의 국경수비대 군단급을 포함해 도합 아홉 곳을 장악했다.

이런 내용은 오로지 현성풍의 휴대폰에만 암호로 저장되어 있을 뿐 어디에도 그 비슷한 기록조차 없었다.

최창식이 보위부원 100여 명을 이끌고 마현가 아지트에 직접 들이닥쳤다.

권보영과 혜령, 최창식은 선우가 있는 이 층으로 올라왔다.

그들은 이 층에 벌어져 있는 상황을 보고는 크게 놀랐다.

"이놈들 모두 나그네가 제압한 거임까?"

선우가 말없이 고개를 끄떡이자 권보영은 테이블에 엎어져 있는 한 명을 살펴보고 나서 의아한 표정을 지었다.

"총에 맞거나 칼에 찔린 것도 아닌데 설마 맨손으로 이놈들을 때려눕힌 검까?"

선우는 가볍게 고개를 끄떡이고 나서 현성풍을 가리키며 최창식에게 말했다.

"저놈이 이곳 대장이니까 그렇게 알고 잘 감금하게."

"알겠습니다."

최창식이 뒤따라 올라온 보위부원들에게 현성풍을 데려가라고 명령한 후 선우가 말했다.

"자네, 일 끝내고 고려호텔로 오게."

그러면서 이주광이 내준 고려호텔 4217호를 알려주었다.

"부하에게 지시만 내려놓고서리 제가 모시고 가갔습다."

"그러게."

현성풍의 휴대폰은 선우의 주머니에 들어 있다.

"드릴 말씀이 있습다."

고려호텔 4217호에 들어서자마자 최창식이 선우에게 조심스럽게 말했다.

"민성환을 찾았습다."

"그런가? 그는 살아 있나?"

"살아 있습다."

선우는 희색만면했다.

"그럴 줄 알았어."

"그런데 말임다."

최창식이 곤란한 표정을 지었다.

"민성환이 결혼을 했습다."

"결혼?"

선우는 어이없다는 표정을 지었다.

"민성환은 올해 76세 노인이야. 그게 말이 되나? 더구나 그는 정치범수용소에서 꼼짝도 못 하는 상황일 텐데 어떻게 결혼을 했다는 건가?"

"그거이… 민성환을 정치범수용소에서 꺼내준 여자하고 결혼했담다. 현재 평성시에서 신분을 위장해서리 살고 있슴다."

듣고 있던 권보영이 참견했다.

"평성이면 평양 바로 옆임다."

최창식이 말을 끝냈다.

"보위부에서 알아낸 거이 그게 전부임다. 더 자세한 사항은 모름다."

선우는 최창식의 어깨를 두드렸다.

"수고했네."

"별말씀을……."

고려호텔로 돌아온 선우는 계획을 새로 다시 짰다.

정필의 충고로 이영국을 북한의 새로운 실권자로 내세우려고 한 일은 폐기 처분 했다.

선우는 현성풍의 실토와 그의 휴대폰에서 알아낸, 마현가에 의해서 내세워진 실권 세력에 대한 내용을 TV와 연결해서 화면에 떠웠다.

"자, 이제부터 어떻게 할 것인지 판을 다시 짭시다."

장장 세 시간에 걸쳐서 새로운 계획을 수립한 후 선우가 새
로운 화제를 꺼냈다.

"김정은이 있는 곳을 알아냈어."

현성풍의 휴대폰에는 김정은이 감금된 장소에 대한 내용도
담겨 있었다.

권보영과 최창식은 반색했지만 혜령은 표정의 변화가 없었
다.

권보영은 35국장, 최창식은 보위부 평양여단장으로서 김정
은의 감금에 직접적인 관계가 있지만 혜령은 35국에 소속된
일개 부장이기 때문이다.

사실 지금 혜령은 김정은이 감금된 장소 같은 것에는 추호
도 관심이 없었다.

그녀의 관심사는 오로지 선우뿐이었다. 그의 곁에 다소곳
이 앉아서 틈나는 대로 그의 잘생긴 모습을 훔쳐보는 것이 그
녀의 새로 생긴 버릇이 됐다.

"거기가 어딤까?"

"묘향산 특각이야."

"아……."

권보영이 낮은 탄성을 토해냈다.

최창식이 공손히 말했다.

"묘향산까지는 고속도로가 놓여 있어서리 한 시간 삼십 분이면 갈 수 있습다."

선우가 고개를 끄떡였다.

"마현가가 김정은이 있는 곳을 알고 있을 테니까 다른 장소로 옮기는 게 좋겠어. 어디가 좋을까?"

"온천리 특각이 좋을 거 같습다. 평안남도 남포시 가까운 온천리에 있는데 평양에서 차로 두 시간 거리에 있습다."

권보영의 말에 선우가 고개를 끄떡였다.

"거기로 하지."

                    *   *   *

최창식이 조심스럽게 말했다.

"기런데 묘향산 특각에 보낼 병력이 없습다."

권보영이 대수롭지 않다는 듯 손을 저었다.

"너래 보위부 평양여단이 평양 바깥으로 나가지 못한다는 것 때문에 그러는 거이지?"

"그렇습다."

"기렇다면 너래 지금 우리 나그네 명령으로 여기에 온 거이 자체가 불법 아니네? 누가 우리 나그네 명령에 따라도 좋다고 했지비?"

"……."

"아직도 모르갔니? 우리 나그네 명령을 받고 평양여단이 평양 바깥으로 나가도 괜찮다는 얘기야."

"아, 기렇구만요."

권보영은 혜령을 쳐다보았다.

"혜령아, 너 날쌘 부하 열 명만 데리고 최창식하고 같이 가라우. 가서 누구보다 먼저 묘향산 특각에 잠입해서리 김정은 신변 확보하라우."

"알갔슴다."

그러나 선우가 손을 저었다.

"혜령인 안 돼. 이화승을 보내."

이화승은 35국의 또 다른 부장이다.

권보영이 '아!' 하는 표정을 지었다.

"제가 깜빡했시오. 혜령이가 어떤 에미나인데……."

"길지 마시라요, 국장 동지."

혜령은 어색한 표정을 지었지만 내심 너무 행복해서 머리가 어지러울 지경이다.

권보영은 정색하며 최창식에게 말했다.

"병력 단단히 챙기라우. 가서 외려 당하지 말라는 말이다."

"명심하갔습다."

뭔가 곰곰이 생각하고 있던 선우가 손을 들었다.

"최창식 자네는 평양에서 할 일이 많으니까 가지 말고 믿을 만한 부하하고 심재철을 보내는 게 좋겠어."

권보영이 눈을 크게 떴다.

"호위총국을 보낸다는 말임까?"

"최창식이 믿을 만한 부하에게 병력을 인솔해서 보내고 그 부하와 심재철이 잘 협력하면 되겠지. 그리고 심재철은 자기 부하들 데려가는 것으로 하고."

호위총국 심재철은 김정은을 최측근에서 호위했기 때문에 그를 보내는 것은 여러모로 도움이 될 것이다.

권보영이 휴대폰을 꺼냈다.

"심재철을 부르갔습다."

오늘 심재철은 존재하지도 않는 김정은을 호위하느라 허송 세월을 보냈을 것이다.

"저……."

최창식이 쭈뼛거렸다.

"야, 너 왜 그러네? 우리 나그네한테 할 말 있니?"

"그렇습다. 우리 집 앙까이(아내)가 선생님과 국장 동지를 한번 모셔오라고 해서리……."

"영숙이가?"

"그저께는 두 분께 너무 형편없는 대접을 해서리 염치가 없어서 앙까이가 꼭 한번 두 분을 더 모시고 싶다고……."

남편이 막강한 보위부 대좌이면서도 청렴한 군인이라 빈궁한 살림을 해야만 했던 손영숙에게 선우가 선뜻 내준 만 달러는 만 달러 곱하기 일만 배의 효과를 발휘했다.

권보영이 선우의 눈치를 살폈다.

"영숙이네 집은 좁고 누추해서리 불편하지 않갔습까?"

"괜찮아. 차동희도 그리 불러."

"알갔습다."

인민무력상, 즉 인민무력부장 차동희를 부르라는 말에 권보영과 최창식은 즉시 이유를 알아차렸다.

차동희를 북한 실세 전면에 내세우려는 것이다.

선우는 최창식의 집으로 이동하기 전에 방으로 혼자 들어가서 정필에게 전화를 걸었다.

―오, 선우야!

선우의 전화를 받는 정필은 늘 반가운 목소리로 반응했다.

선우는 우선 마현가 아지트를 급습한 일에 대해서 정필에게 자세히 설명했다.

그리고 나서 이영국에 대해 조심스럽게 얘기를 꺼냈다.

"사실은 최중회가 아니라 이영국이 실세였습니다. 마현가의 지령을 받고 있더군요."

—그래?

"마현가 평양 아지트의 우두머리가 한국 천지그룹 현부일 회장의 장남인데 그놈에게서 알아냈습니다."

—하아!

얼굴은 보이지 않아도 선우는 정필이 어이없다는 표정을 짓고 있을 것이라고 생각했다.

"믿기 어렵죠?"

—그래. 믿기는 어렵지만 선우 네가 이제라도 이영국의 가면을 벗겼으니 정말 다행이다.

정필은 100% 선우를 믿었다. 그리고 자신이 이영국을 추천한 것에 대해서 진심으로 사과했다.

—미안하구나, 선우야. 하마터면 큰일 날 뻔했다.

"신경 쓰지 마십시오, 형님. 이제라도 알아냈으니 다행이죠. 형님께서 알고 계시라고 말씀드린 겁니다. 그리고 말이죠, 민성환 씨, 살아 있습니다."

—그래?

선우는 정필을 미안함에서 건지려고 민성환 얘기를 꺼냈다.

선우가 민성환에 대해서 자세히 설명하자 정필 역시 선우처럼 이해하기 어렵다는 반응을 보였다.

—민성환 씨가 살아 있는 것도 놀라운 일인데 결혼까지 했

다니 불가사의한 일이다.

"내일 아침 제가 직접 평성에 가서 확인할 생각입니다. 가보고 나서 연락드리겠습니다."

—알았다. 혜주한테는 아직 말하지 않으마.

"그러는 게 좋겠습니다."

손영숙은 정말이지 한 상 거하게 차려놓았다.

선우와 권보영, 혜령, 최창식이 도착하자 거실에 놓인 제사상 크기의 커다란 상에 상다리가 부러질 정도의 산해진미가 가득 차려져 선우 등을 기다리고 있었다.

"형부, 어서 오시라요!"

좁은 현관으로 선우가 가장 늦게 들어오자 손영숙이 다른 사람들을 제치고 쪼르르 맨발로 달려 나와 선우의 팔짱을 끼고 안으로 이끌었다.

"형부, 차린 거이 없지만 많이 드시라요."

손영숙은 선우를 상석에 앉히고 부리나케 부엌으로 달려갔다가 술을 들고 와서 선우 옆에 찰싹 붙어 앉았다.

"형부, 이거이 위스키임다. 이런 거 잡숴보셨슴까?"

손영숙이 들고 자랑하는 것은 북한에서는 최고위층만 마신다는 비싼 헤네시XO다.

북한에 헤네시가, 그것도 손영숙이 구할 수 있을 정도라는 사실에 선우는 조금 뜻밖이라는 표정을 지었다.

술을 꽤 좋아하는 권보영이 지적했다.

"영숙아, 그거이 위스키 앙이다."

"이거이 위스키가 앙이면 뭐임까?"

손영숙이 따지듯 물었다.

"브랜디다."

손영숙이 고개를 갸웃거렸다.

"양코배기 제국주의자들이 만든 거이면 다 위스키 아임까?"

"앙이다. 헤네시XO는 내래 즐겨 마시는 거라서 잘 안다이. 기건 브랜디야."

"이거이 뭐르 보고 브랜디라고 함까?"

"나도 모른다. 길티만 헤네시XO는 브랜디야."

권보영이 모르는 걸 최창식이나 혜령이 알고 있을 리가 없다.

사람들이 선우를 쳐다보았다. 선우는 모르는 것이 없으며 못하는 것이 없기 때문에 모두들 그가 이 문제를 해결할 것이라고 믿었다.

선우는 손영숙의 손에서 헤네시XO를 받으며 입을 열었다.

"와인을 증류시켜서 만든 술을 통칭해서 브랜디라고 하지. 이건 브랜디야."

손영숙이 울상이 되었다.

"히잉, 제일 비싼 위스키를 달라고 했는데……."

"여보, 그럼 위스키는 뭐임까?"

"맥주를 증류시킨 거야."

다들 놀라는 표정을 짓는데 선우가 헤네시XO를 들어 보였다.

"그래서 맥아를 원료로 한 맥주를 증류시킨 위스키보다는 포도를 원료로 한 와인을 증류시킨 브랜디가 더 고급이고 비싸지. 나는 개인적으로 위스키보다는 브랜디를 좋아해."

조마조마하고 있던 손영숙이 손뼉을 쳤다.

"꺄악! 정말 다행임다!"

손영숙이 부엌에 간 사이에 권보영이 혜령을 불러서 선우 옆에 앉혔다. 선우를 가운데 두고 권보영과 혜령이 양쪽에 앉은 것이다.

최창식 옆에 앉아서 어색해하던 혜령은 그제야 얼굴에 생기가 돌았다.

부엌에서 돌아온 손영숙이 자리를 뺏긴 걸 알고는 발을 동동 구르자 권보영이 꾸중했다.

"영숙이 너는 니 나그네 놔두고 어째서리 내 나그네 옆에 앉으려는 거이냐?"

"히잉, 저는 형부가 좋아요."

손영숙이 앙탈을 부렸다.

"혜령이는 우리 나그네의 친척이라는 말이다."

손영숙이 깜짝 놀랐다.

"두 분이 무슨 관계임까?"

대답을 하지 않으면 손영숙이 물러나지 않을 것 같아 선우가 둘러댔다.

"사촌이야."

"흐미야!"

손영숙이 아무 소리도 못 하고 최창식 옆에 앉았다.

심재철과 차동희가 연이어서 들어왔다.

최창식과 심재철은 하늘 같은 지위인 인민무력상 차동희를 매우 어려워했다.

차동희는 선우를 보자 먼저 고개를 숙였다.

"안녕하셨습네까?"

"어서 오시오."

차동희는 처음에 선우를 봤을 때 그가 반반한 얼굴과 허우대만으로 권보영을 유혹해서 결혼한 날라리라고 여겼다.

그런데 선우의 진면목이 하나씩 드러나고 결정적으로 그가 세계 최고 부자인 케이선이라는 사실, 그리고 잠깐 사이에 북한에서는 그 누구도 하지 못하는 중국 공상은행으로의 계좌 이체 송금, 그것도 한 번에 천만 달러씩이나 거침없이 하는 것을 보고는 그대로 두 손 다 들고 말았다.

차동희가 보기에 선우는 자신이 무엇을 원하든 다 들어줄 수 있는 능력의 소유자인 것 같았다.

또한 그가 무슨 일을 진행하면 반드시 성공할 것이라는 믿음이 생겼다.

그렇다고 해서 돈을 보고 그에게 굽히는 것이 아니다. 겪어 본 바에 의하면 선우는 차동희가 존경하고도 넘칠 만한 성품을 지니고 있었다.

술이 몇 잔 돌고 나자 권보영이 오늘 있었던 일을 차동희에게 설명했다.

"허어, 그게 정말이오?"

얼마나 놀랐는지 차동희는 쥐고 있던 술잔을 엎질렀다.

심재철도 처음 알게 된 내용이라서 매우 놀랐다.

권보영은 심재철에게 최창식 부하들과 함께 묘향산 특각으로 김정은을 데리러 가라고 지시했다.

"제 부하들도 데려가갔습다."

"네 부하들하고는 얘기가 다 됐네?"

"그렇습다."

"길면 데리고 가라우."

권보영은 심재철에게 당부했다.

"수시로 나한테 보고하고 절대로 실수하면 앙이 된다이. 우리 나그네하고 연결된 휴대폰 꼭 챙겨 가라우."

심재철의 얼굴에 비장함이 떠올랐다.

"알갔슴다."

"이제 됐다. 심재철이는 이자 그만 가보라우."

심재철이 일어나서 선우와 권보영에게 인사하고 나갔다.

잠시 침묵이 흐른 후 권보영이 선우에게 공손히 말했다.

"당신이 말씀하시기요."

선우는 고개를 끄떡이고 차동희를 쳐다보았다.

차동희는 선우가 과연 무슨 말을 하려는 것인지 긴장해서 입안이 바싹 말랐다.

"차동희 씨."

선우는 한국식으로 차동희를 '씨'라고 불렀다. 이제는 자신이 한국 국적이라는 사실을 숨길 필요가 없었다.

"네."

차동희는 자신도 모르게 자세를 고쳐 허리를 똑바로 펴고 앉으며 선우에게서 시선을 떼지 않았다.

그는 현재 나이 54세로 북한 권력층에서는 매우 젊은 축에 속한다.

차동희는 물론이고 최창식과 손영숙, 혜령까지 모두 긴장했다.

선우는 말을 돌리지 않고 단도직입적으로 말했다.

"최중희를 끌어내리고 차동희 씨가 그 자리를 맡아주시오."

"……."

차동희는 너무 놀라서 앉은 자리에서 위로 펄쩍 뛰어올랐다가 주저앉았다.

그는 혼비백산한 표정으로 눈과 입을 크게 벌린 채 한동안 말없이 선우를 바라보기만 했다.

선우는 진지한 목소리로 말했다.

"아무리 생각해도 현재 북조선을 이끌 만한 인재는 차동희 씨밖에 없소."

"하아!"

차동희는 수도꼭지를 튼 것처럼 긴 한숨을 토해냈다.

그는 자세를 바로하고 두 손을 앞에 모았다.

"선생님께서 저를 그렇게 높이 평가하신 것은 정말 감사한 일입니다만, 제가 과연 그럴 만한 인물입네까?"

평양 토박이인 차동희는 거의 표준어를 구사했다.

"당신밖에 없소. 부탁하오."

차동희는 잠시 침묵을 지켰다가 가라앉은 목소리로 말문을 열었다.

"위원장 동지는 언제 돌아옵네까?"

"그런 일은 없을 것이오. 김정은은 이것으로 끝이오."

너무도 중차대한 말들이 오고 가고 있어서 모두의 얼굴에는 극도의 긴장이 떠올라 있었다.

"그러니까 이제부터 차동희 씨가 북조선을 책임지고 이끌어가야 하오."

"음……."

"때가 되면 김정은의 실각을 북조선과 전 세계에 알리고 차동희 씨가 공식적으로 북조선의 정식 주석이 되는 것이오."

그렇게 해서 차동희가 북한의 무소불위 제일인자가 되면 딴마음을 품을 수도 있다.

선우는 그것까지도 예상하고 있지만 지금으로선 차동희를 믿는 방법밖에 없었다.

그걸 차동희도 알고 있다. 그렇지만 현재의 그는 그럴 마음이 추호도 없었다.

차동희는 굳은 얼굴로 조용히 입을 열었다.

"공화국은 삼대째 김 씨 일가의 세습과 폭정으로 전 국토와 인민이 피폐할 대로 피폐한 상황입네다. 그리고 김정은이 핵이니 미사일이니 온갖 장난질을 쳐놔서 전 세계는 물론이고 혈맹인 중국하고도 등을 돌린 실정입네다."

차동희의 말이 맞았다. 아니, 현재 북한의 실정은 그가 설명한 것보다 훨씬 더 심각했다.

"제가 공화국 주석 자리에 오르면 이런 형편없는 나라를 이끌어야 하고 전 세계의 지탄과 공격을 한 몸에 받아야 하는데 솔직히 저는 그럴 능력이 없습네다. 그 점 고려하시고 다시 생각해 주십시오."

선우는 차동희가 솔직하게 자신의 심경을 토로한 것을 고맙게 생각했다. 그리고 그가 무엇을 원하는지 짐작했다.

"남북통일이 이루어질 때까지 임시 주석이오. 임시라고는 하지만 그것은 역사에 길이 남을 막중한 임무요."

*   *   *

차동희는 착잡한 표정으로 선우를 바라보았지만 더 이상 아무 말도 하지 않았다.

"차동희 씨가 그 일을 해준다면 거기에 대한 보답은 반드시 해드리겠소."

선우는 차동희에게 민족을 위한 사명감 같은 것은 없다고 판단하여 대가에 대해서 운을 뗐다.

그래서 그가 무엇을 원하든지 될 수 있으면 웬만한 선에서 다 들어줄 생각이다. 현재로선 북한 고위층에 차동희만 한 인물이 없기 때문이다.

"무엇을 원하오?"

선우는 이것이 거래라고 생각했다. 대한민국과 북한을 놓고 벌이는 한판의 거래.

"북남통일이 되고 난 이후 저는 통일된 조국에서 정치에 진출하고 싶습네다."

"도와주겠소."

뜻밖에도 차동희는 물질을 요구하지 않았다. 그가 통일한 국에서 당당하게 정계에 진출하고 싶다는 뜻은 오히려 바람직한 일이다.

"남조선이 민주적으로 대통령을 선출한다는 것을 잘 알고 있습네다. 그래서 저는 북조선의 대표로서 정당하게 정계에 진출하여 북조선 인민들을 대표하고 그들을 돕는 정치가가 되고 싶습네다."

거래라고 생각한 선우의 생각이 빗나갔다. 차동희는 매우 바람직한 사고방식을 지니고 있었다.

더구나 정계에 진출해서 북한 사람들을 돕고 싶다는 말이 선우의 마음을 움직였다.

선우는 고개를 끄떡였다.

"그러기 위해선 차동희 씨가 북조선의 주석이 된 이후 국가를 잘 이끌어야 할 것이오."

"그렇다면 몇 가지 요구되는 것이 있습네다."

선우는 차동희가 무엇을 요구하는지 짐작했다.

"대북 제재를 풀고 자금을 대달라는 것이오?"

"그렇습네다."

차동희는 선우를 빤히 응시했다.

"그것이 선행돼야지만 우리 공화국의 피폐해진 인민들을 구할 수 있습네다. 그러고 나서 북남통일이 이루어져야 합네다. 저는 솔직히 말씀드려서 북남통일이 이루어지기 전에 공화국 인민들을 배불리 먹이고 싶고, 그래서 그들의 인심과 지지를 얻고 싶습네다."

말하자면 꿩 먹고 알 먹겠다는 얘기이다. 굶주리는 북한 인민들을 배불리게 하고, 그래서 북한 인민들에게 절대적인 지지를 받은 후에 남북통일이 이루어져 자신이 정계에 진출하면 승산이 있다고 예상하는 것이다.

물론 그가 단번에 통일대한민국의 대통령이 되려는 포부는 아닐 것이다. 그의 목표는 정계에 확실한 자리매김을 하는 정도인 것 같았다.

나쁘지 않았다. 아니, 나쁘지 않은 정도가 아니라 최상이다.

말하자면 윈윈이다. 너도 이기고 나도 이기는 전략인 셈이다.

차동희의 전혀 예상하지 못한 발언에 권보영과 최창식, 혜령, 손영숙은 입이 얼어붙어서 긴장한 표정으로 지켜보기만 했다.

그들 모두는 자신들이 나설 자리가 아니라는 것을 충분히 인지하고 있었다.

차동희가 조심스럽게 물었다.

"선생님께선 북조선을 위해서 무엇을, 그리고 어디까지 해주실 수 있습네까?"

선우는 잠시 침묵하고 나서 조용히 말했다.

"대북 제재를 단계적으로 풀어줄 수 있을 것 같소. 그리고 원하는 만큼의 자금을 지원하겠소."

차동희는 만만한 인물이 아니었다.

"대북 제재는 미국의 주도하에 유엔이 결의한 사항인데 그거를 선생님께서 풀 수 있겠습네까?"

차동희는 선우가 세계 최고 부자인 케이선이라는 사실을 알지만 그의 영향력이 어디까지인지는 모른다. 설마 그가 현재 전 세계가 동참하고 있는 대북 제재를 풀 수 있을 것이라고는 생각하지 않았다.

부자는 돈으로 하는 것은 다 하겠지만 대북 제재를 푸는 일은 결코 돈으로 되는 일이 아니었다.

차동희의 요구는 무리한 것이다. 소도 언덕을 보고 등을 비빈다는데 그는 선우를 과대평가했든지 아니면 그가 못할 것을 알고 배수진을 친 것일 수도 있었다.

즉, 대북 제재를 풀지 못하면 자기는 북한의 주석이 되는 일을 하지 않겠다는 뜻이다.

"내가 대북 제재를 풀 수 있다는 것을 어떻게 하면 믿겠소?"

이 자리에서 선우가 말로만 약속하면 차동희로서는 그걸 믿지 못할 것이다.

차동희가 북한 국가주석 자리에 오르고 나서 선우가 약속을 지키지 않으면 말짱 헛일인 것이다.

차동희는 물러나지 않을 각오를 보였다.

"어찌해야 제가 믿을 수 있을지는 잘 모르겠습네다. 그건 선생님께서 생각해 보십시오."

아무도 술잔을 들지 않았고, 선우를 제외한 모두들 차동희가 억지를 쓰고 있다는 생각을 하고 있었다.

결국 선우는 히든카드를 쓸 수밖에 없다고 생각했다.

"영어 할 줄 아오?"

"할 줄 압네다."

"미국 대통령을 본 적이 있소?"

"봤습네다."

평양 고급 호텔에서는 영국 BBC방송과 일본 NHK방송 같은 것들이 나오니 웬만한 사람이라면 미국 대통령을 봤을 것이다.

"미국 대통령이 차동희 씨에게 직접 약속을 하면 믿겠소?"

"……"

또박또박 자신의 주장을 잘도 말하던 차동희는 이 대목에서 할·말을 잃고 말았다.

"미국 대통령하고 영상통화를 하게 해주겠소. 그의 입에서 대북 제재를 풀겠다는 말이 나오면 그걸로 되겠소?"

"아니… 그걸 어떻게……"

선우는 휴대폰을 꺼냈다.

"나는 미국 대통령하고 친구요."

"……"

차동희는 또 말을 잃었다. 그만이 아니라 권보영을 비롯한 모두의 얼굴이 해쓱해졌다.

모두가 경악하고 있는 사이 선우는 미국 대통령 셔넌 루빈스테인의 휴대폰으로 직접 전화를 걸었다.

지금 시간이 밤 10시 27분이니 13시간 시차가 나는 미국 워싱턴은 아침 11시 27분일 것이고, 미국 대통령은 점심시간 전일 것이다.

모두들 귀신에 홀린 것 같은 얼굴로 선우를 바라볼 뿐 숨소리조차 크게 내지 못했다.

미국 대통령 셔넌 루빈스테인은 선우의 전화라면 하시를 막론하고 받을 것이다.

과연 신호가 다섯 번쯤 울렸을 때 저쪽에서 전화를 받았다.

"굿모닝, 미스터 프레지던트."

영어에 능통한 차동희와 권보영은 선우의 말을 알아듣고 심장이 오그라드는 것을 느꼈다.

'진짜 미국 대통령한테 걸었어.'

선우는 거리낄 것이 없다는 듯 휴대폰을 스피커폰, 그리고 영상통화로 하고 자신의 얼굴을 잘 비추도록 휴대폰을 쥔 손을 앞으로 뻗었다.

―오우! 영마스터 미스터 선우, 반갑습니다.

"미스터 프레지던트, 영상으로 통화하고 싶습니다."

―알겠습니다.

선우 양옆에 앉아 있는 권보영과 혜령은 선우 양쪽 어깨로 몸을 기울여 휴대폰 화면에 나온 미국 대통령 루빈스테인의 얼굴을 확인하고 눈이 찢어질 것처럼 커졌다.

"으어어, 이거이 미국 대통령 맞지 않아?"

권보영은 맞은편에 앉은 차동희를 보면서 고개가 부러질 것처럼 끄떡이며 입으로는 미국 대통령이 맞다고 아주 조그맣게 말했다.

선우가 북한의 현재 상황과 자신의 계획에 대해서 간략하지만 구체적으로 루빈스테인에게 설명하는 데 10분이 소요됐다.

루빈스테인은 몹시 놀랐지만 침착하게 간간이 질문을 하면서 선우의 설명을 끝까지 경청했다.

이윽고 선우는 모두가 기다리고 있는 대북 제재에 대해서 말문을 열었다.

"그렇게 되면 대통령께서 주축이 되어서 유엔안보리를 열어 대북 제재를 단계적으로 풀어주셔야 할 것 같습니다."

루빈스테인은 조금 뜸을 들이다가 되물었다.

—미스터 선우가 원하는 것이 무엇이오?

"말 그대로 대북 제재를 단계적으로 풀어주는 것입니다."

—흐음.

루빈스테인이 신음 소리를 냈다.

—북한이 핵을 포기하는 것이오?

"물론입니다. 기꺼이 핵 사찰도 받을 겁니다."

북한이 유엔으로부터 제재를 받고 있는 이유는 핵 개발을 하고 있기 때문이니 핵만 포기하면 대북 제재가 풀린다는 것은 간단한 셈법이다.

그렇지만 선우는 루빈스테인이 뜸을 들이는 것이 계산기를 두드리고 있기 때문이라고 짐작했다. 실제 계산기가 아니라 머릿속 계산기 말이다.

선우와 루빈스테인이 친구이긴 하지만 자신을 희생하면서까지 부탁을 들어줄 막역한 관계는 아니었다.

루빈스테인은 선우의 부탁을 들어주면서 미국의 국익도 챙기려고 할 것이 분명했다.

―미스터 선우, 이런 말 하기는 좀 그렇지만 내가 요즘 곤란한 입장에 처해 있소.

드디어 계산을 끝낸 루빈스테인이 본론을 꺼내기 시작했다.

지금 그의 곁에는 그의 손짓으로 모여든 참모들이 우글거리고 있을 것이다.

―현재 미국 정부의 재정이 바닥났소. 그래서 말인데, 미스터 선우가 좀 도와주었으면 하오.

권보영과 차동희는 미국 대통령이 세계 최고 부자에게 아쉬운 소리, 즉 돈을 빌려달라고 하는 믿기 어려운 말을 생중계로 듣고 있는 중이다.

그러나 선우는 바지저고리가 아니다. 그는 스포그라는 어마어마한 글로벌 그룹을 이끌고 있는 오너로서 이런 상황에 호락호락하게 대처하지 않는다.

그는 명랑하게 웃었다.

"하하하! 지금 저하고 비즈니스를 하시자는 말씀입니까?"

팽팽한 긴장 상태일수록 웃음이 보약이다. 선우의 웃음소리는 청량제 같았다.

―하하하! 비즈니스는 무슨, 그저 미국의 재정 상태를 피력하는 것뿐이오.

루빈스테인은 물러서지 않을 의사를 강하게 내비쳤다. 그는 주위의 참모들이 내린 결정을 관철시키고야 말 것이다.

선우는 차분하게 설명했다.

"북한이 핵을 포기하고 남북한이 통일을 이룬다면, 그리고 그것을 미스터 프레지던트께서 주도하고 또 발표를 하신다면 노벨평화상은 따놓은 것이나 다름이 없고 미국 유권자들의 지지는 하늘을 찌를 것입니다. 그렇게 되면 내년에 있을 미국 대통령 선거에 미스터 프레지던트께서 재선되실 것은 불을 보듯이 당연한 얘기겠죠."

―허허허, 그거야 그렇겠지만…….

그건 그거고 이건 이거라는 얘기이다.

선우는 고삐를 늦추지 않았다.

"이 시점에서 제가 이 제안을 유엔안보리 상임이사국의 다른 나라 지도자들에게 하면 그들은 어떤 반응을 보일 것 같습니까? 미스터 프레지던트처럼 저하고 거래를 하려고 협박할 것 같습니까?"

―미, 미스터 선우.

루빈스테인이 당황했다.

"이 문제를 미국이 주도하게끔 하려는 것은 저와 미스터 프레지던트의 우정 때문입니다. 그것을 미스터 프레지던트께서 악용하신다면 저로서는 유엔안보리 상임이사국 중에서 중국이나 영국, 러시아, 프랑스의 정상들과 협의하는 수밖에 없겠군요. 그러기를 원하십니까?"

―이, 이것 보시오, 미스터 선우. 내가 농담 좀 한 것 같고 정색하고 그렇게 나오는 것이오? 하하하!

루빈스테인은 더욱 당황했다.

권보영과 차동희는 선우가 능수능란하게 미국 대통령을 다루는 것을 보고 혀를 내두르며 감탄했다. 모두에게 선우는 하나님처럼 보였다.

선우가 지금은 비록 북한 평양에서 이런 일을 하고 있지만 실제로는 엄청난 인물이라는 사실을 새삼 실감했다.

"하하하! 미스터 프레지던트의 유머는 언제나 현실처럼 실감이 나서 진땀이 납니다."

조금 전 루빈스테인의 거래 요구는 절대로 농담이 아니었지만 저쪽에서 농담이라고 얼버무리면 이쪽에서도 그렇게 맞장구를 쳐줘야 한다.

그걸 꼬치꼬치 캐고 들다가는 상대의 감정이 상하게 되고, 그러면 다시 회복하기 어려워지는 법이다.

"다시 말씀드리겠습니다. 유엔 대북 제재의 단계적 해소를 미스터 프레지던트께서 주도해 주시겠습니까?"

―물론이오, 하하하!

루빈스테인이 비지땀을 흘리는 모습이 휴대폰 화면으로 보이는 것 같았다.

"이 자리에 김정은을 대신해서 조만간 북한의 정권을 잡을 차동희 인민무력상이 있습니다. 그에게 직접 약속하실 수 있습니까?"

—그렇소? 그렇다면 그를 바꿔주시오.

선우가 손짓으로 부르자 차동희는 재빨리 그의 옆으로 다가와 아예 무릎을 꿇고 휴대폰 화면을 들여다보았다.

루빈스테인이 차동희에게 유엔 대북 제재를 단계적으로 풀어줄 것을 약속한 후 다시 선우가 루빈스테인과 통화했다.

—미스터 선우, 아까 그 얘기는 마음에 담아두지 마시오. 정말 농담이었소. 하하하!

루빈스테인은 그게 영 께름칙한 모양이다. 하긴 전 세계적으로 봤을 때 미국 대통령보다 훨씬 영향력이 큰 케이선의 비위를 상하게 해서 이로울 게 없었다.

선우는 담담하게 미소 지었다.

"얼마나 필요하십니까?"

—뭐가… 말이오?

기선을 완전히 선우에게 제압당한 루빈스테인은 풀이 죽어서 잘 돌아가던 머리가 마비된 것 같았다. 그는 선우의 말뜻을 얼른 이해하지 못했다.

"어느 정도의 액수면 텅 빈 미국 재정을 회생시킬 수 있겠습니까?"

―미, 미스터 선우!

루빈스테인이 깜짝 놀라 앉아 있던 자리에서 벌떡 일어서는 게 보였다.

"연 1.5% 고정 금리로 하고 전액 미국 국채로 받겠습니다."

―오 마이 갓!

기쁨의 환호성이다. 미국 국채 금리는 오늘 현재 2.189%다. 그런데 선우는 겨우 1.5%만 받겠다고 한 것이다.

"자, 얼마가 필요합니까?"

―미스터 선우, 아까는 내가 잘못했소. 이건 진심이오. 내 마음 모르겠소?

루빈스테인은 거의 사정하듯이 말했다.

당연한 일이다. 미국 주도로 북한의 핵 위협이 사라지고 남북통일이 이루어지면 제일 덩실덩실 춤을 출 사람이 루빈스테인인데 감히 거기에 대고 거래를 하려고 했으니 석고대죄를 해도 모자랄 대죄를 지은 것이다.

그런 데다 선우는 모든 대화가 원만하게 끝난 후 미국의 재정을 걱정해 주고 있으니 루빈스테인이 감격하지 않을 재간이 없다.

호의를 악용하면 혼난다는 것이 오늘 선우가 루빈스테인에게 내린 교훈이다.

"얼마나 필요하십니까?"

—얼마나 해줄 수 있소?

"말씀해 보십시오."

부르는 대로 다 해주겠다는 뜻이다.

루빈스테인의 목소리가 조심스러워졌다.

—5천억 달러 가능하겠소?

세계 2위의 부자인 빌 게이츠 재산이 860억 달러이고 대한민국 외환보유고가 3천5백억 달러라고 하는데 5천억 달러면 얼마나 엄청난 거액인지 짐작할 수 있다.

"알겠습니다. 잠시 후에 제 부하가 미스터 프레지던트께 전화를 드릴 겁니다."

—그 부하, 내가 아는 사람이오?

"미스 코스모스입니다."

—오 마이 가쉬! 설마 코스모스금융이 미스터 선우 소유였다는 말이오?

"끊겠습니다."

선우는 루빈스테인이 뭐라고 말하려는데 통화를 끝냈다.

선우는 맞은편 자리로 돌아가 앉은 차동희를 쳐다보며 담담하게 물었다.

"약속이 됐습니까?"

차동희는 단정하게 무릎을 꿇고 두 손을 무릎에 얹은 채 고개를 깊이 숙였다.

"이제부터는 선생님께서 저더러 죽으라고 하시면 그 즉시 죽겠습네다."

제40장
20년 만의 해후

실내 분위기가 이상해졌다.

다들 선우를 몹시 어려워하는데 그러는 것은 권보영도 마찬가지였다.

선우가 미국 대통령하고 영상통화를 하고 그를 마음껏 쥐락펴락하는 것을 눈앞에서 생생하게 목격한 터라서 그가 너무도 위대하게 보였기 때문이다.

그래서 자신들이 선우를 앞에 두고 감히 우스갯소리를 한다거나 함부로 언행을 하는 것은 마치 신성 모독인 것 같다는 생각마저 들었다.

그렇지만 선우는 이런 분위기가 딱 질색이다. 그래서 그는 되도록 자신의 진면목을 내보이지 않으려고 했는데 아까는 어쩔 도리가 없었다.

　하지만 사실 선우는 루빈스테인을 능수능란하게 다루는 그런 모습이 아니라 그 일이 있기 전처럼 화기애애하던 상황을 좋아한다.

　선우는 깨방정을 떨다가 비 맞은 강아지처럼 가만히 도사리고 앉아 있는 손영숙을 쳐다보았다.

　"영숙이, 노래 한 곡 하지."

　"네에?"

　손영숙은 눈을 동그랗게 뜨면서 화들짝 놀라 엉덩이가 바닥에서 한 뼘이나 떠올랐다.

　"처제, 노래 한 곡 듣자."

　선우의 의도를 알아차린 권보영이 거들었다.

　"기래, 영숙이 너, 노래 잘하지 앙이하니? 냉큼 일어나서리 한 곡 뽑으라우."

　"갑자기 무시기 노래를……."

　극도로 긴장한 최창식이 아예 곡을 지정해 주었다.

　"임자, 평양의 밤 잘 부르지 앙이함매."

　최창식이 지정해 준 노래의 원 제목은 '지새지 말아다오, 평양의 밤'인데 줄여서 평양의 밤이라고 한다. 손영숙은 노래를 아주 잘하는데 특히 그 노래는 일품이다.

손영숙이 선우의 눈치를 보았다.

"제가 감히 어찌 노래를……."

"영숙이 노래 잘하면 상을 주겠다."

선우의 말에 손영숙이 반신반의했다.

"무시기 상을 주신다는 말씀임까?"

"영숙이가 원하는 걸 주지."

손영숙이 눈을 빛냈다.

"제가 원하는 것은 고조 다 들어주신다는 말씀임까?"

"그래."

"고롬 하갔슴다."

"뭘 원하지?"

"고거이 노래 다 부르고 나서리 말씀드리갔슴다."

손영숙은 모두의 이목이 집중되는 것이 몹시 부끄러운 듯 얼굴이 홍시처럼 빨개져서 일어나 어린 소녀처럼 두 손을 맞잡고 노래를 시작했다.

고요한 강물 위에 불빛이 흐르네~

손영숙은 아주 맑고 고은 음색으로 성악을 부르듯이 노래를 시작했다.

못 잊을 추억을 안고 내 마음 설레네~

끝없이 걷고 싶어라~ 내 사랑 평양의 밤아~

손영숙은 기대한 것 이상으로 노래를 잘 불러서 선우는 지그시 눈을 감고 음미했다.

지새지 말아다오~ 아름다운 평양의 밤아~

이 노래는 북한 TV가 끝나는 시간에 아름다운 평양의 야경과 함께 흘러나오는데 북한 주민들이 가장 사랑하고 애창하는 곡으로 유명했다.

노래가 끝나자 차동희를 제외한 모두가 박수를 치는데 차동희는 선우가 박수 치는 것을 보고서야 정신을 차리고 자신도 쳤다.

선우는 엄지손가락을 추켜세우며 칭찬했다.

"최고야. 정말 잘 부르는데?"

손영숙은 부끄러워서 얼굴이 새빨개졌지만 행복한 표정이 얼굴에 가득했다.

"자, 이제 영숙이 소원을 말해봐."

선우의 말에 손영숙이 쭈뼛거리자 권보영이 채근했다.

"말 앙이하면 없던 일로 하갔어."

"조기 선생님 옆에 앉고 싶어요."

손영숙이 화들짝 놀라서 혜령의 자리를 가리켰다.

선우가 빙그레 미소 지었다.

"형부라고 부르면 앉혀주지."

분위기 때문에 손영숙이 방금 선우를 선생님이라고 부른
것이 서운한 것이다.

손영숙이 냉큼 외쳤다.

"고조 저는 형부 옆에 앉고 싶슴다!"

손영숙은 소원대로 선우와 혜령 사이에 앉아서 다시 깨방
정을 떨기 시작했다.

묘향산 특각에 있는 김정은을 남포 온천리 특각으로 이동
시킨 후 거사를 벌이기로 최종 결정했다.

이영국에게 충성을 맹세한 전략군단장과 특수부대군단장
을 비롯한 아홉 명의 군단장, 사단장들은 인민무력부 수사국
에서 직접 체포하기로 했다.

지들이 반항해 봐야 말짱 소용없다. 모두 인민무력부 휘하
라서 수사국에겐 꼼짝 못 한다.

다음 날 아침, 선우와 혜령은 벤츠를 타고 평양을 벗어나

평성으로 달렸다.

혜령이 운전을 하고 선우는 조수석에 앉아서 휴대폰으로 스포그에 업무 지시를 하고 있다.

혜령은 운전을 하면서 가끔 선우를 쳐다보았다. 그러는 그녀의 얼굴에는 한없는 존경심이 가득했다.

어젯밤에 최창식의 집에서 술을 마신 후 선우와 권보영, 혜령 세 명은 고려호텔로 돌아가서 그곳에서 잤다.

그때까지 혜령은 더 이상 존경할 수 없을 만큼 선우를 존경하고 있었다.

그런데 고려호텔에서 혜령은 봐서는 안 될 광경을 마침내 보고야 말았다. 선우가 욕실에 들어가 샤워를 하고 나온 전혀 다른 모습을 보고 만 것이다.

하지만 혜령은 선우가 벗은 몸에 하체를 커다란 타월로 가린 근사한 근육질 몸매로 욕실에서 나왔기 때문에 놀란 것이 아니었다.

처음에 혜령은 완전히 다른 사람으로 변한 선우를 알아보지 못했다. 호텔 객실에 낯선 남자가 침입한 줄 알고 그를 공격하려고 했다.

그런데 그 남자가 선우이며 본래의 모습이라는 것, 여태까지 40대 중반으로 변장하고 있었다는 사실을 알게 된 혜령은 기절초풍하고 말았다.

혜령은 올해 36세인데 선우는 그녀보다 자그마치 열두 살이나 어렸던 것이다.

지금 선우는 다시 40대 중반의 중후하고 멋진 남자로 변장한 모습이지만 혜령의 망막에는 어젯밤에 본, 지금보다 열 배는 더 멋있는 선우의 모습이 잔상으로 또렷하게 각인되어 지워지지 않고 있었다.

"혜령아."

그때 선우가 휴대폰을 주머니에 넣으면서 혜령을 불렀다.

"네."

선우는 혜령을 보면서 설명했다.

"팔대호신가의 직계혈족은 선천적으로 특수한 체질과 능력을 타고난다. 그런 걸 느낀 적 있니?"

혜령은 선우를 힐끗 보았다. 선우가 그녀보다 열두 살이나 어리지만 그녀는 선우를 단 한 번도 나이 어린 사람이라고 생각하거나 느낀 적이 없었다.

그가 스물네 살이라는 사실을 알게 된 어젯밤 이후에도 그 사실은 변함이 없었다.

"음, 가끔 속에서 뭔가 꿈틀거리는 것을 느꼈슴다."

혜령은 조금 얼굴을 붉혔다.

"그런데 제 생각에 그거이 회충 같슴다. 그것도 꽤 마이 뭉쳐서리 들어앉은 모양임다."

북한은 밭작물에 일절 농약을 뿌리지 않기 때문에 기생충이 우글거린다.

그래서 그걸 먹은 사람들은 심할 경우 뱃속에 수백 마리의 회충을 담은 채 살아가기도 한다. 오죽하면 회충 때문에 죽은 사람이 간혹 나오기도 할 정도였다.

혜령의 뱃속에서 꿈틀거리는 것이 회충일 수도 있지만 선우의 생각에 그건 신강가와 팔대호신가 직계혈족만이 지니는 선천적인 특수한 힘인 정수체(精髓體)가 분명했다.

하지만 그것은 태어날 때부터 단단하게 뭉친 상태로 있기 때문에 특수한 방법으로 용해(溶解)를 시켜야지만 파워로서 사용할 수가 있다.

"회충약을 먹어봤니?"

"네. 기런데 회충약을 마이 먹어도 앙이 나옵다."

"그게 회충이 아니기 때문이야."

"그러면 뭐임까?"

선우는 그것이 팔대호신가 직계혈족만이 선천적으로 갖고 태어나는 정수체라고 설명해 주었다.

혜령은 몹시 놀랐다.

"기렇습까?"

"그걸 용해하면 힘으로 사용할 수 있어."

"용해가… 뭐임까?"

"녹이는 거야."

"어드러케 녹임까?"

"한국에 가면 그걸 녹이는 특수한 약과 방법이 있어."

혜령이 시무룩해졌다.

"남조선에 가야 되는 거임까?"

그녀는 자신이 오랜 세월 동안 회충 덩어리라고 오해하고 있던 아랫배의 단단한 물체가 정수체라는 사실을 알고는 한시 바삐 그걸 녹이고 싶어졌다.

그래야만 정식으로 민영가의 한 사람으로서 선우에게 몇 발자국 더 다가갈 수 있기 때문이다.

선우는 북한에서의 일이 끝나야만 한국으로 돌아갈 것이다.

그렇지만 북한에서의 일이 언제 끝날지도 모르는데 혜령으로서는 마냥 기다리는 것이 벌써부터 지루했다.

그렇다고 안 되는 걸 억지를 부릴 수는 없는 일이다.

"고거이 배에 있는 검까?"

"여자는 자궁에 있어."

"자궁… 이 뭐임까?"

북한에선 성교육이라는 것을 전혀 하지 않아서 이런 말도 안 되는 상황이 생긴다.

"아기를 임신하는 곳이야."

"아……."

혜령은 부지중에 자신의 배를 내려다보았다.

"기럼 남자는 어디에 있슴까?"

"음낭."

"고거이 뭐임까?"

"불알."

"⋯⋯."

혜령은 아무 말 없이 선우의 사타구니를 쳐다보았다.

"뭘 봐?"

"앗! 죄송함다."

평양에서 북쪽에 있는 위성도시 평성까지는 35km의 거리이
며 차로 한 시간 정도 걸린다.

"주군, 그런데 말임다. 혜주는 어째서리 주군을 삼촌이라고
부르는 거임까?"

혜령은 선우와 단둘이 있게 되자 말이 많아졌다.

선우는 정필이라는 사람에 대해서, 그리고 자신과 정필의
만남과 관계를 설명해 주었다.

"아, 기렇구만요."

혜령의 궁금증은 끝이 없었다.

"기런데 정수체라는 거이 녹이면 뭐에 씀까?"

"능력이 되지."

"무슨 능력 말임까?"

"차 좀 길가에 세워봐."

혜령이 고속도로 오른쪽 길가에 벤츠를 세웠다.

북한의 고속도로라는 것은 중앙선 표시도 없고 콘크리트로 도로를 만든 것이었으며 여기까지 달려오는 동안 마주 오는 차를 두 대밖에 보지 못할 정도로 차가 귀했다.

차를 세운 옆은 넓게 펼쳐진 황무지다. 마구 자란 풀과 저 멀리 키 작은 잡목들, 그리고 바위 같은 것들이 드문드문 어수선하게 널려 있다.

선우는 15m 거리에 있는 키 작은 잡목 한 그루를 가리켰다.

"저 나무 보이지?"

"보임다."

"저걸 부러뜨릴게."

"그건 저도 할 수 있슴다."

"여기에서 말이야."

"주군께서 여기 서서 말임까?"

"그래."

혜령은 놀라는 표정을 짓더니 선우에게서 세 걸음 떨어져서 그를 빤히 주시했다.

선우는 잡목을 향해 오른팔을 내밀고 중지를 가볍게 구부렸다가 퉁겨냈다.

피잉!

몸에서 금침을 다 뽑은 이후부터 그가 공신기를 발휘할 때는 아무 소리도 나지 않지만 지금은 혜령의 이해를 돕기 위해 일부러 발출하는 음향을 냈다.

또한 본래는 육안으로 보이지 않는 무형의 압축된 공기가 탄환처럼 뿜어지지만 혜령에게 보여주기 위해서 아주 짙은 금빛 광채로 만들었다.

원래 속도보다 서너 배 느린 속도로 쏘아간 금빛 줄기는 적중되어 잡목을 간단하게 부러뜨렸다.

뚜둑!

잡목은 두 손으로 잡을 정도로 제법 굵었지만 공신기 한 방에 여지없이 두 동강이 나버렸다.

"아아……!"

혜령은 그 광경을 보고 경악한 나머지 정신이 하나도 없었다.

사람의 손가락에서 금빛의 줄기가 뿜어질 수 있는 것이나 그것이 굵다란 나무를 단번에 분질러 버리는 것이 상식적으로 도저히 납득이 되지 않았다.

선우가 설명했다.

"정수체를 밖으로 뿜어낸 거야."

"저… 도 그렇게 할 수 있슴까?"

"수십 년 동안 훈련하면 될 거야."

사실 방금 그런 건 신강가의 재신만 할 수 있는 능력이다.

"그렇습까?"

"방금 그것은 너의 이해를 돕기 위해 재신의 능력 중에 공신기라는 것을 보여준 거야."

"고거이 공신기임까? 기럼 저는 정수체로 뭐이를 할 수 있는 검까?"

"많은 것을 할 수 있지. 정수체를 발휘하여 물체를 가격하거나 움켜잡으면 평소보다 열 배 이상의 힘을 낼 수가 있어."

혜령이 눈을 빛내면서 부러진 잡목을 가리켰다.

"고롬 저는 저 나무를 주먹으로 때려서 부러뜨릴 수 있다는 말씀임까?"

"그래. 사람의 목을 힘껏 잡으면 목이 부러지고 주먹으로 가슴을 때리면 갈비뼈가 다 부러지게 될 거야."

"아아……!"

"그리고 달릴 때 두 발에 정수체를 보내면 100m를 3초에 주파할 수 있게 돼."

혜령이 두 손을 모았다.

"굉장하다."

선우는 빙그레 미소 지었다.

"시력과 청력은 지금보다 다섯 배 월등해지고, 숨을 쉬지 않고 10분 이상 버틸 수 있으며, 한 번 도약에 3층 높이까지 뛰어오를 수 있어."

선우의 설명을 들은 혜령은 자신의 자궁에 있다는 정수체를 한시바삐 녹이고 싶어서 안달이 났다.

"지금까지 말한 것은 정수체를 녹인 직후의 일이고 거기에서 계속 훈련하면 능력이 더욱 발전하여 나중에는 손을 대지 않고서도 물체에 충격을 가할 수 있게 되는 거야."

"주군, 남조선에 언제 가심까?"

"글쎄… 여기 일이 끝나야지."

혜령이 시무룩해졌다.

"그렇습까?"

＊　　　　　＊　　　　　＊

혜령은 평성에 도착할 때까지도 시무룩했다. 정수체라는 것에 대해서 골똘하게 생각하고 있는 것이며, 그것을 빨리 녹이고 싶어서 조바심이 났기 때문이다.

민성환이 살고 있다는 집은 평성역을 조금 지나 오른쪽으로 철길을 건너 비스듬한 언덕길을 오르다 보면, 포장도로가 끊어지고 흙먼지가 풀풀 일어나는 비포장도로 왼편에 똑같은 집들이 다닥다닥 게딱지처럼 모여 있는 곳이었다.

선우와 혜령은 마을 입구에 벤츠를 세워두고 마을로 걸어서 들어갔다.

보통 승용차도 아닌 벤츠를 타고 마을에 들어서면 한바탕 난리가 날 게 분명하기 때문이다.

그렇지만 깨끗한 인민복을 입은 선우와 정장에 고급 바지를 입은 혜령의 훤칠하고 잘생긴 모습만으로 마을 사람들의 이목을 집중시키기에 충분했다.

마을을 둘러싼 야산은 나무 한 그루, 풀 한 포기 없는 완전히 헐벗은 민둥산이다.

나무는 땔감으로, 풀은 굶주린 주민들이 죄다 뽑아서 죽이나 국을 끓여 먹었기 때문이다. 뿌리까지 뽑아버린 터라서 다시는 나무와 풀이 자라지 않게 되었다.

혜령은 최창식이 가르쳐 준 운선마을 127호를 찾으려고 좌우를 두리번거렸다. 집들이 하나같이 공장에서 찍어낸 것처럼 다 똑같아서 그 집이 그 집 같았다.

마침내 찾은 127호 앞에는 수십 년은 된 것 같은 웬 낡은 트럭이 한 대 서 있었다.

그것은 전 세계에서 오로지 북한에서만 볼 수 있는 목탄차라는 트럭이다.

목탄차는 짐칸 운전석 바로 뒤에 커다란 화통이 있으며, 거기에서 석탄을 달걀 크기로 납작하게 만들어서 말린 것이나 나무를 때서 풀무질을 하여 발생하는 가스의 힘으로 운행하는 자동차다.

이것은 원래 제2차 세계대전 당시 일본이 원유가 부족하여 일산화탄소를 에너지로 이용하던 낙후한 운송 수단이다. 그것을 북한에서 주된 운송 수단으로 사용하는데 북한 전역을 통틀어서 수천 대나 된다.

목탄차는 20㎞쯤 가다가 화통의 재를 털어내고 석탄이나 나무를 넣어 태워서 같은 방법으로 운행한다.

이 차는 너무 힘이 약해서 시속 15~20㎞밖에 낼 수 없으며 언덕을 오를 경우에는 차가 스스로 올라가지 못해서 조수가 내려 뒷바퀴에 각목이나 돌멩이를 고이면서 한 치씩 앞으로 나아간다.

이때 승객은 모두 차에서 내려 목탄차 뒤를 밀어야 한다.

특히 목탄차가 운행할 때는 연기가 너무 많이 나기 때문에 멀리에서 보면 불이 난 것으로 오인할 수도 있었다.

127호 앞에 서 있는 목탄차는 운행을 멈췄는지 화통에 불이 꺼져 있었다.

목탄차가 대문을 가로막고 있어서 선우와 혜령은 목탄차 너머 좁은 틈으로 걸어 들어갔다.

그런데 대문이 열려 있으며 마당에서 허름한 작업복을 입은 한 여자가 도끼로 장작을 패고 있었다.

여자는 60대 초반쯤 됐으며, 들어서는 선우와 혜령을 보고는 움찔 몸을 떨었다.

그녀는 한눈에도 평범한 사람으로 보이지 않는 선우와 혜령을 번갈아 보며 잔뜩 경계했다.

"누구십네까?"

혜령이 툭 던지듯 말했다.

"여기 민성환 동무 있지비?"

"……."

여자의 눈이 커지면서 몸을 후드득 떨었다.

"기, 기런 사람 없슴다."

"다 알고 왔으니끼니 안내하라우."

"기런 사람 없다는데 뭘 안내하라는 거임까?"

"너, 함경도 사람이 어케 평성에서 사는 거이야?"

"……."

여자는 아무 말도 하지 못했다. 그녀가 함경도 사투리를 사용하는 것을 혜령이 지목했기 때문이다. 여자는 처음에는 평안도 사투리를 쓰다가 당황하자 저절로 함경도 사투리가 쏟아져 나왔다.

함경도 사람이 평양이나 평성에서 살려면 당의 허락을 받아야만 가능했다.

북한 주민들은 자신이 살고 있는 곳에서 벗어나는 것 자체가 허락되지 않는 터라서 이사하는 건 더욱 불가능했다.

혜령의 물음에 여자는 대답하지 못하고 당황했다. 그녀의 얼굴에는 주름이 자글자글하고 뺨과 눈이 움푹 들어가서 매우 강퍅해 보이는 모습이다.

북한 사람 누구나 굶주리고 병색이 짙은 몰골이라서 이상할 것도 없었다.

혜령이 앞으로 걸어가려고 하자 여자가 도끼를 두 손으로 움켜쥐고 추켜올렸다.

"어딜 들어오는 거이야?"

들어오면 도끼로 공격하겠다는 의도가 분명했다.

혜령의 입가에 가로소운 미소가 떠올랐다.

"기딴 썩은 도끼로 나를 찍겠다는 거이야? 해보라우."

혜령은 걸음을 멈추지 않고 계속 걸어갔다.

그런 모습은 선우가 처음 보는 것이다. 그리고 이것이 혜령의 본래 모습이다.

여자가 도끼를 휘두른다면 당하고 있을 혜령이 아니다. 모르긴 해도 여자가 큰 낭패를 당할 게 분명했다.

이쯤에서 선우가 나섰다.

"이 여자는 민성환의 딸이오."

"……"

도끼를 추켜든 여자가 움찔했다.

선우는 부드러운 표정으로 말을 이었다.

"이름은 민혜령이고 상주골 민성환의 친가에서 살았소."

여자가 극도로 놀라는 표정을 짓더니 처든 도끼를 내리고 두어 걸음 가까이 다가와서는 혜령을 자세히 들여다보면서 살폈다.

그러더니 어느 순간 주름투성이 얼굴에 반가운 기색이 잔물결처럼 번졌다.

"아아, 기러고 보니까니 방울이 어렸을 때 모습이 고대로 있구만요?"

"……."

혜령은 크게 놀라 여자의 손을 덥석 잡았다.

"방울이라는 별명을 어케 아는 거요?"

혜령의 이름 '령'이 방울을 뜻하는 것이라서 민성환과 친할머니 댁, 그리고 그녀를 아는 사람들은 그녀를 방울이, 혹은 방울 아가씨라고 불렀다.

혜령은 여자의 손을 잡고 잔뜩 궁금한 표정을 지었다.

"당신, 뉘기요?"

여자가 눈물을 흘렸다.

"나 찬숙이야. 조찬숙이. 나 모르갔니?"

혜령의 눈이 화등잔만 해졌다.

"마, 막내 이모라고?"

"기래. 내래 니 오마니 막냇동생 조찬숙이야."

"…이모, 찬숙이 이모……."

혜령은 왈칵 눈물을 쏟으면서 여자 조찬숙에게 바짝 다가섰고, 조찬숙은 실성할 것처럼 울음을 터뜨렸다.

"으흐흐흑! 혜령아! 너래 혜령이라는 말이니?"

"찬숙이 이모!"

선우는 두 여자가 부둥켜안고 울부짖는 소리가 대문 밖으로 넘어갈까 봐 얼른 두 여자를 안듯이 감쌌다.

"여기서 이러면 안 되오. 일단 들어갑시다."

어두컴컴하고 좁은 방 안에 누군가 이불을 덮고 누워 있는 모습이 보였다.

조찬숙이 그 앞에 무릎을 꿇고 흐느껴 울었다.

"형부, 누가 왔는지 좀 보시기요."

"음, 뉘기야?"

누워 있는 사람이 꿈틀거리면서 가래 끓는 소리를 냈다.

혜령이 조찬숙 옆에 앉아서 떨리는 두 손을 그 사람에게 뻗으며 흐느꼈다.

"으흐흑! 아바지! 저 혜령이야요! 아바지 큰딸 상주골의 혜령이라고요!"

얼굴에 핏기 하나 없는 미라 같은 노인이 일어나려는 듯 몸을 꿈틀거렸다.

조찬숙이 노인을 부축해서 일으켰다.

"으음, 우리 혜령이가 왔다고?"

노인은 컴컴한 어둠 속에서 혜령을 찾지 못하고 두 팔을 허공에 허우적거렸다.

"아바지, 저 여기 있시오."

혜령이 무릎걸음으로 노인에게 다가갔다.

"어디 보자, 우리 혜령이."

조찬숙은 얼른 일어나 촛불을 켜서 가까이 가져와 혜령의 얼굴 앞에 댔다.

노인은 주름투성이 눈을 껌뻑거리면서 혜령을 쳐다보았고, 혜령 역시 부친이 맞는지 노인을 뚫어지게 주시했다.

혜령이 열여섯 살 때 헤어졌으니 두 사람은 장장 20년 만에 다시 해후하게 된 것이다.

"아아……!"

두 사람은 거의 동시에 서로를 알아보고 탄성을 터뜨렸다. 찢어지는 비명 소리를 내면서 두 사람은 서로를 끌어안고 미친 듯이 흐느껴 울었다.

혜령과 민성환이 서로 울부짖었기 때문에 혹시 누가 이상하게 생각할지 몰라 조찬숙은 밖에 나갔다가 이웃에게 별일 아니라고 무마하고 들어왔다.

선우는 아직 자신이 나설 때가 아니라고 생각하여 한쪽에

책상다리로 앉아 조찬숙이 어떻게 해서 민성환과 같이 살게 됐는지 설명하는 것을 들었다.

민성환의 첫 번째 부인이며 혜령의 어머니인 조형숙의 막냇동생인 조찬숙은 원래 민성환이 사장으로 있는 청진 태평무역의 사장 비서로 근무했다.

민성환이 1997년 초겨울에 대한민국으로 가기 위해 탈북했을 때 여비서인 조찬숙은 그 사실을 알고 있었다.

민성환은 탈북을 실행하기 두 달 전에 조찬숙을 일부러 해고했으며, 아무도 몰래 그녀에게 미화 백만 달러를 주어서 그녀와 가족이 평생 풍족하게 살 수 있도록 해주었다.

그러나 탈북한 민성환은 브로커에게 속아 중국 연길에서 보위부에 붙잡혀 북송되어 반역죄 낙인이 찍히고 말았다.

그리고 민성환을 만나려고 뒤늦게 탈북하던 그의 아내 한유선과 혜주 모녀는 연길에서 극적으로 정필의 도움을 받아 한국으로 갈 수 있었다.

사실 태평무역은 김정일의 비자금을 관리하는 비밀 조직인 39호실이었으며, 그곳의 실장이던 민성환은 마카오은행에 들어 있는 한화로 2조가 넘는 어마어마한 거액을 빼돌렸는데 북한 당국은 그 돈을 되찾기 위해 온갖 방법으로 그를 고문했지만 끝끝내 뜻을 이루지는 못했다.

어쨌든 민성환이 반역자가 됐기 때문에 일가친척은 깡그리

정치범수용소로 끌려갔다.

그렇지만 다행히 민성환의 죽은 전처 조형숙의 집안은 무사할 수 있었다. 민성환하고 인연이 끊어졌기 때문이다.

민성환의 여비서 조찬숙은 몇 차례인가 보위부에 끌려가 취조를 받았다.

그러나 그녀는 민성환이 탈북하기 훨씬 이전에 해고당했기 때문에 오히려 그에게 원한을 품고 있다는 말로 일관되게 밀고 나가 결국 그와는 아무런 관계가 없는 것으로 판명이 나서 혐의를 벗었다.

조찬숙은 세월이 흘러서 민성환의 반역 사건이 잠잠해지기를 기다렸다.

3년이 지난 후에 조용해졌다고 판단한 조찬숙은 민성환과 그의 가족에 대해 수소문하기 시작했다.

북한의 정치범수용소는 제22호 회령관리소에 5만 명, 제25호 청진정치범교화소에 5천 명, 제15호 요덕관리소에 5만 명, 제14호 개천관리소에 5만 명, 제18호 북창관리소에 1만 9천 명 등 13곳에 40만 명이 수용되어 있는 것으로 비공식 파악되었지만, 북한 당국에서는 정치범수용소 같은 것은 아예 존재하지도 않는다고 모르쇠로 일관했다.

정치범수용소는 말 그대로 아비지옥이다. 굶주린 수용자들이 뱀이나 쥐를 잡아먹고, 임신한 여자들은 배를 밟아서 낙태를 시키고 다시는 임신을 하지 못하도록 불로 음부를 지지고 꼬챙이로 쑤셔서 자궁을 망가뜨리기도 하는 등 그걸 일일이 다 설명하자면 책으로 써도 몇 권은 될 것이다.

그곳에서 사느니 차라리 죽는 것이 나을 정도로 고통에 가득 차고 비참한 생지옥이다.

조찬숙은 북한 전역 13개 정치범수용소에 발품을 팔아 돌아다니면서 약 40만 명으로 추산되는 정치범들을 한 명씩 낱낱이 조사했다.

때로는 그 지역 보위부원이나 정치범수용소 경비병을 뇌물로 매수하여 도움을 받기도 했다.

그렇게 몇 년씩이나 북한 전역을 돌아다닌 조찬숙은 점점 거지꼴이 되어갔으며, 민성환이 준 백만 달러는 자꾸만 줄어들었다.

그래도 조찬숙은 절대로 포기하지 않았다. 그녀의 부모와 가족들도 이제는 그만 포기하라고 한사코 말렸지만 조찬숙은 민성환이 반드시 살아 있을 것이라고 굳게 믿었다.

그의 시체를 눈으로 직접 확인하기 전에는 그를 찾는 일을 포기할 수 없었다.

그러기를 어느덧 12년이 흘렀을 때, 조찬숙의 눈물겨운 고행이 마침내 막을 내렸다.

민성환은 요덕정치범수용소에 갇혀 있었다. 약 5만여 명의 정치범수용자와 천여 명의 보위요원, 경비대가 거주하는 그곳은 4m 높이의 담과 그 위에 3m 높이의 전기 철조망이 쳐져 있었다.

조찬숙이 경비병에게 뇌물을 주어 알아보니 굶주린 민성환은 소똥 속에서 채 소화가 되지 않은 옥수수 알을 골라 주워 먹다가 경비병에게 걸려서 심한 매질을 당하고 지하 감옥에 감금당해 있다고 했다.

조찬숙은 남아 있는 돈 32만 달러 중에서 30만 달러를 민성환을 구출하는 데 뇌물로 사용했다. 북한에서는 뇌물로 안 되는 것이 없었다.

민성환의 반역 행위는 이미 12년이나 흘렀기 때문에 사람들의 기억에서 깨끗하게 잊힌 상태였다.

조찬숙은 폐병, 즉 결핵에 걸려서 죽음을 눈앞에 둔 68세의 민성환을 정치범수용소에서 데리고 나와 만 달러를 주고 새로운 신분을 얻는 데 성공했다.

당시 43세로 미혼이던 조찬숙은 병든 민성환을 데리고 이곳 평성으로 와서 지난 8년 동안 부부로 위장하고 죽은 듯이 살아왔다.

"내가 12년 동안 알아보니까 형부 혼자밖에 못 사셨어. 다들 돌아가셨더란 말이야. 상주골 친가 쪽 식구들과 형부 형제들과 사촌들도 모두 죽었어. 더러는 총살을 당하고… 형부만 살아남은 거이야."

조찬숙은 눈물을 흘리면서 지난 애기를 해주었다.

벽에 기대앉은 민성환은 혜령의 손을 꼭 잡고 놓지 않은 채 줄곧 눈물을 흘렸다.

혜령은 장작처럼 변한 민성환의 손을 쓰다듬었다.

"아바지, 혜주 알지요? 내 동생 혜주 말임다."

"그래, 알지. 내래 혜주를 어케 모르갔니?"

"지금 혜주, 연길에 와 있담다."

노쇠한 민성환의 눈이 커지고 밝아졌다.

"혜주가 연길에? 그거이 정말이니?"

"정말임다. 이분하고 같이 왔슴다."

민성환은 그제야 비로소 방 안에 낯선 남자가 있다는 사실을 알게 되었다.

선우가 일어났다가 혜령 옆에 앉았다.

혜령이 선우를 가리켰다.

"아바지, 이분이 누군지 아심까?"

민성환은 병색이 완연한 누런 눈으로 선우를 바라보았다.

"누구신가?"

"아바지가 저한테 민영가와 신강가에 대해서 몇 번이나 설명해 주신 거이 기억하심까?"

"고롬. 고거이 당연히 기억하지 앙이 하겠니?"

혜령은 두 손으로 선우를 가리키며 경건한 표정과 목소리로 소개했다.

"이분이 신강가의 재신이심다."

"……."

민성환은 혜령이 한 말을 전혀 이해하지 못한 것 같았다. 하기야 느닷없이 신강가의 재신이라고 하니 이해하지 못하는 게 당연했다.

혜령이 다시 말했다.

"아버지, 잘 들으시라요. 신강가의 재신께서 아버지를 직접 찾아내신 거임다."

"이분이 신강가의 재신이라고?"

선우가 조용한 목소리로 입을 열었다.

"나는 신강가 제24대 재신이며 비류(沸流) 강 씨, 본관(本貫)은 홀본(忽本)이고 이름은 선우라고 하오."

선우를 바라보는 민성환의 눈이 점점 커지면서 온몸을 사시나무 떨 듯이 와들와들 떨기 시작했다.

"아아, 지, 진정… 재신이심까?"

"그렇소."

민성환의 목소리가 덜덜 떨렸다.

"으으, 혜령아, 찬숙아, 나를 일으켜라."

민성환이 혜령과 조찬숙의 부축을 받으면서 힘겹게 일어나는 것을 선우는 묵묵히 지켜보았다.

민성환은 두 여자의 부축을 받으며 선우 앞에 무릎을 꿇고 부복하여 큰 절을 올렸다.

"소인… 민영가의 16대 가주 민성환이 주군을 뵈옵니다."

민성환은 이마를 바닥에 대고 웅크린 채 온몸을 떨고 어깨를 들썩이며 흐느껴 울었다.

"으흐흐흑, 꺼으으, 으흑흑, 주군, 이렇게 못난 꼴을 보이다니… 송구함다."

차마 말로 다 할 수 없는 억만 마디 의미가 그의 울음에 끈적끈적하게 배어 있다.

선우는 손을 뻗어 민성환의 어깨를 어루만졌다.

"고생 많았소."

선우는 가슴이 미어졌다.

『상남자스타일』 7권에 계속…

초대형 24시 만화방

신간 100%, 샤워실, 흡연실, 수면실(침대석), 커플석, 세탁기 완비

▪ 광명 광명사거리역점 ▪

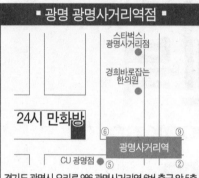

경기도 광명시 오리로 986 광명사거리역 6번 출구 앞 5층
02) 2625-9940 (솔목타워 5층)

▪ 강북 노원역점 ▪

운전면허 시험장

4호선 노원역

롯데백화점　24시 만화방

순복음
교회

서울 노원구 상계동 340-6 노원역 1번 출구 앞 3층
02) 951-8324 (화용빌딩 3층)

▪ 일산 정발산역점 ▪

경찰서　　정발산역

제2 공영주차장　　롯데백화점

24시 만화방　　E　C　A
　　　　　　　　　라페스타
　　　　　　　　F　D　B

라페스타 E동 건너편 먹자골목 내 객잔건물 5층
031) 914-1957

▪ 일산 화정역점 ▪

덕양구청

③　④
화정역
②　①

세이브존

롯데마트　　　　　　이마트

24시 만화방　화정중앙공원　화정동 성당

경기도 고양시 덕양구 화정동 984번지 서일빌딩 7층
031) 979-4874 (서일사우나 건물 7층)

▪ 부천 역곡역점 ▪

역곡남부역 기업은행 건물 3층
032) 665-5525

▪ 부평역점 ▪

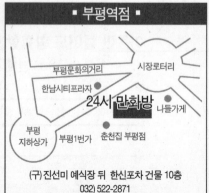

(구) 진선미 예식장 뒤 한신포차 건물 10층
032) 522-2871

FUSION FANTASTIC STORY **류승현 장편소설**

리턴 마스터

2041년, 인류는 귀환자에 의해 멸망했다.

최후의 인류 저항군인 문주한.
그는 인류를 구하고 모든 것을 다시 되돌리기 위하여
회귀의 반지를 이용해 20년 전으로 돌아갔다. 하지만……

"어째서 다른 인간의 몸으로 돌아온 거지?"

그가 회귀한 곳은 20년 전의 자신도, 지구도 아니었다!

**다른 이의 몸으로 판타지 차원에
떨어져 버린 문주한.
그는 과연 인류를 구원할 수 있을 것인가!**

Book Publishing CHUNGEORAM